THEA DORN

TROST

BRIEFE AN MAX

PENGUIN VERLAG

MIX
Papier aus verantwortungsvollen Quellen
FSC® C014889

Penguin Random House Verlagsgruppe FSC® N001967

1. Auflage

Grafik, Satz und Umschlaggestaltung: Oliver Schmitt, Mainz
Umschlagabbildung: Gary Godel
Druck und Bindung: Pustet, Regensburg
Printed in Germany
ISBN 978-3-328-60173-9
www.penguin-verlag.de

Dieses Buch ist auch als E-Book erhältlich

Für J.

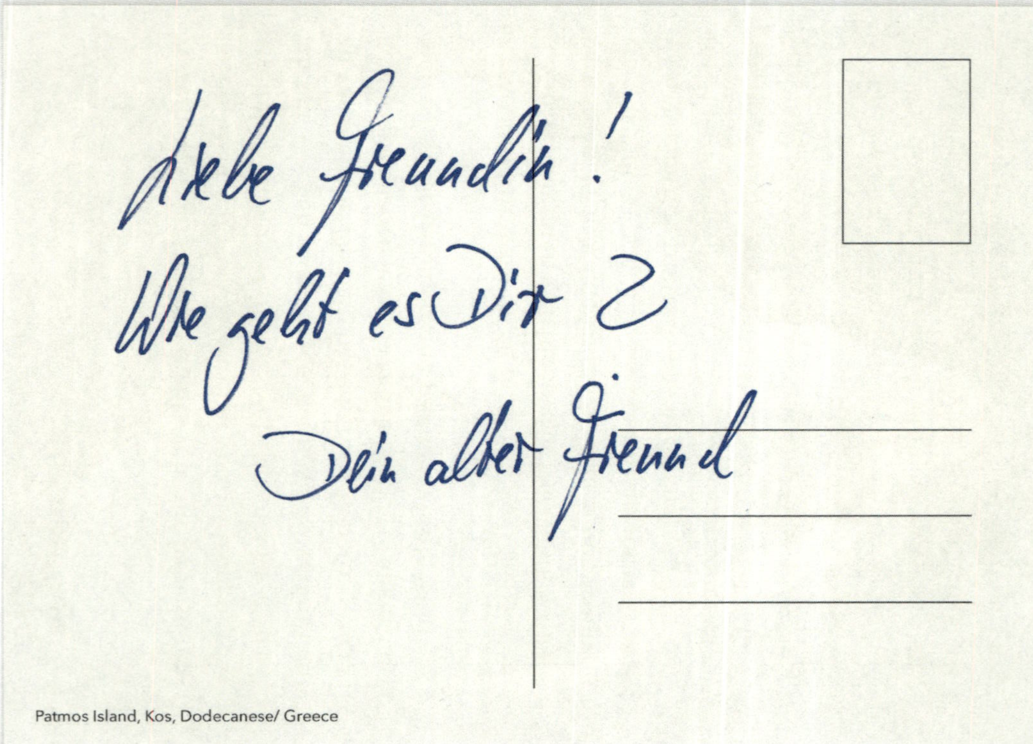
Liebe Freundin!
Wie geht es Dir?
Dein alter Freund
Patmos Island, Kos, Dodecanese/ Greece

7. Mai

Lieber Max,

verzeih, dass ich so lange nichts von mir habe hören lassen. Aber ich weiß ja, was Du von wütenden, verzweifelten Menschen hältst. Nur ist es leider so, dass ich seit Wochen nicht anders kann, als zu wüten und zu verzweifeln. Deshalb habe ich Dir lieber gar nicht geschrieben. Doch jetzt, da Deine Postkarte angekommen ist, wirst Du mich und meine Gefühle wohl ertragen müssen.

Meine Mutter ist tot. Gestorben, weil sie sich in ihrem verdammten Leichtsinn für unsterblich hielt. Gestorben, weil blinde Politiker nicht sehen wollten, welche Gefahr auf uns zukommt. Gestorben, weil Wissenschaftler fröhlich verkündet haben, mit ein bisschen Händewaschen und In-die-Armbeuge-Niesen sei dieses Virus schon auszutricksen. Gestorben, weil unsere Krankenhäuser von einer Seuche heillos überfordert sind.

Ich gestehe: Als die ersten Meldungen hereinkamen, dass in China wieder einmal irgendeine Vogel-Viecher-Grippe ausgebrochen ist, und auch bei uns in der Redaktion die Panikgänse losschrien, gehörte ich zu denjenigen, die dachten: Ach ja, lass sie schreien. Die nächste Sau, die sie durchs Dorf jagen können. Selbst als es in Italien losging, dachte ich noch: Ist diesmal halt eine besonders prächtige apokalyptische Sau, die lässt sich eben auch ein bisschen länger jagen.

Herrgott, Max! Ich glaube, ich bin zum ersten Mal so weit, dass ich begreife, warum Du meinen gesamten Berufsstand verachtest, warum Du beschlossen hast, Dich vollständig zu entnetzen. Zwar halte ich Deine selbst gewählte Inseleinsamkeit noch immer für einen elitären Witz – apropos: Was soll diese Karte? Falls das Deine Art ist, mir zu verstehen zu geben, dass Du durchaus mitbekommst, was auf der Welt passiert, und dass Du Dir Sorgen machst, ist es eine ziemlich absonderliche Art. Aber egal. Zum ersten Mal beginne ich zu begreifen, warum Du der Welt Lebewohl gesagt hast.

Seit Jahren schreien wir »Feuer!«, obwohl Mutter Natur oder wer auch immer bloß ein bisschen gezündelt hat. Über diesem Daueralarm haben wir völlig vergessen, dass es wirklich einmal brennen kann. Unsere famosen Entscheidungsträger stehen da wie eine Truppe Feuerwehrdarsteller, die plötzlich merkt, dass sie keinerlei Ahnung hat, wie man einen echten Brand löscht. Und während sich bei den Feuerwehrdarstellern langsam Panik breitmacht, sitzen wir noch immer vor den Bildschirmen und schauen halb gebannt, halb gelangweilt den Katastrophen-Clips zu, ohne zu begreifen, dass wir selbst es sind, denen wir zuschauen. (Welche Dinosaurierart war es, die interessiert verfolgt hat, wie sich eine andere Dinosaurierart in ein Bein weit unten verbeißt – bis irgendwann in ihrem Hirn die Nachricht angekommen ist, dass es ihr eigenes Bein ist, das da gerade gefressen wird?)

Ich will mich nicht weniger gefahrenblind, nicht weniger abgestumpft machen, als wir alle es sind: Trotzdem habe ich irgendwann – nein, nicht *irgendwann*, sondern *relativ bald* begriffen: Diesmal ist es ernst. Diese Toten, die sich in Norditalien in den Krankenhauskellern stapeln, die sind kein Sensationsgesums. Die gibt es wirklich. Die stapeln sich sonst dort nicht. Es wird gefährlich. Auch für uns.

Aber meine Mutter, meine brillante, dauerumtriebige, vierundachtzigjährige, bescheuerte Mir-kann-keiner-was-anhaben-Mutter – sie musste stur nach Italien fahren, obwohl sich dieses Land bereits mit einem Bein im Ausnahmezustand befand. Obwohl es bereits Reisewarnungen gab.

Aufgekratzt wie ein Backfisch bei seiner ersten Italienreise rief sie mich an: Stell dir vor, Liebes, wo ich gerade war! In den Uffizien! So leer ist es dort seit Urzeiten nicht mehr gewesen! Ich ganz allein mit meinem »Bacchus«! Die neuen Caravaggio-Säle sind überhaupt ein Traum! Komm her, das musst du dir anschauen! Und das kleine Restaurant, in dem wir deinen vierzigsten Geburtstag gefeiert haben, erinnerst du dich noch? Wo der Fisch göttlich, aber die Kellner solche Schnösel gewesen sind? Die haben sich dermaßen gefreut, dass überhaupt ein Gast vorbeikommt, sagenhaft! Am Schluss haben wir eine ganze Flasche Grappa zusammen leer gemacht! Komm, setz dich in den Flieger, ich zahl dir die Reise!

Selbstverständlich bin ich nicht nach Florenz geflogen. Ich hätte es auch gar nicht mehr gekonnt. Ein paar Tage später wurde in ganz Europa der Flugverkehr eingestellt. Wurden die Grenzen dichtgemacht. Die Museen geschlossen. Die Theater. Die Kinos. Nur meine Mutter musste weiter durch Italien tingeln. Irgendeinen alten Schauspielfreund besuchen, den sie seit Ewigkeiten unter Vertrag hat. Jeden Tag habe ich ihr gesagt, dass sie schleunigst nach Hause kommen soll, aber sie hat nur gelacht: Liebes, es ist nicht die Pest. Die schlimmste Seuche unserer Tage ist die Angst.

Erst als der Freund sie mehr oder weniger hinausgeworfen hat, hat sie sich ins Auto gesetzt und ist heimgefahren. Beleidigt.

Ich weiß nicht, wann sie gemerkt hat, dass sie sich das verdammte Virus eingefangen hat. Ich vermute, sie muss die ersten Symptome schon auf der Rückfahrt gespürt haben. Aber sie hat ja immer gehustet. COPD. Chronic Obstructive Pulmonary Disease oder »COPD Blue«, wie meine Mutter zu sagen pflegte. (Du brauchst den Witz nicht zu verstehen, ist eine Anspielung auf eine amerikanische Polizeiserie aus den Neunzigern.) Liebes, hat sie immer gesagt, lass mir mein COPD Blue in Ruhe! Was dem Rumvögler sein Tripper, ist der Kettenraucherin ihr COPD Blue. Von Krankheiten, die man sich so mühsam erarbeitet hat, trennt man sich erst in der Urne.

Ein Wunder, dass die Österreicher sie überhaupt noch haben durchfahren lassen. Als ich sie abends angerufen habe, hat sie zwar nicht schlimmer gehustet als sonst, sie war auch nicht kurzatmiger, aber ich habe gemerkt, dass sie sich sehr anstrengen musste, ihr übliches Kraftselbst herauszukehren. Witze über die österreichischen Beamten zu machen, die sich schlimmer als die DDR-Grenzer an der Transitstrecke benommen hätten. Selbst die Pinkelpause wollten sie mir verbieten, Liebes, stell dir das vor!

Warum habe ich nicht erkannt, dass sie da schon krank war? Welcher Krieg in ihrem Körper begonnen hatte? Warum habe ich mir nicht in derselben Nacht noch einen Mietwagen genommen und bin nach München gefahren? Warum wollte ich partout glauben, es wäre nur die lange Reise, die sie so müde klingen ließ? Und warum war sie in den nächsten Tagen zu stolz, mir zu sagen, dass es ihr immer schlechter ging?

Als sie ins Krankenhaus eingeliefert wurde, war es schon zu spät. Ihr Assistent hat mich sofort angerufen, ich bin in den nächsten Zug gestiegen, aber die Strecke von Berlin nach München bleibt auch im schnellsten ICE die Strecke von Berlin nach München. Als ich endlich im Krankenhaus ankam – – –

Bislang ist es mir gelungen, mich zusammenzureißen, die tapfere Tochter zu geben, die mit allen Geisteswassern gewaschene Schülerin, die bei Dir nicht nur das Denken, sondern fürs Leben gelernt hat. Aber ich kann nicht mehr. Was im Krankenhaus passiert ist, ist so schlimm, dass ich nur noch schreien kann.

SIE HABEN MICH NICHT ZU IHR GELASSEN!!!!

Den Sicherheitsdienst haben sie gerufen, als ich versucht habe, trotzdem in das Gebäude reinzukommen. Irgendwo da drinnen hing meine Mutter an irgendwelchen beschissenen Maschinen, war am Ersticken, Verrecken, und sie haben mich nicht zu ihr gelassen!!!! Infektionsrisiko!!! Das Infektionsrisiko sei zu hoch – – –

* * *

Lieber Max, so, jetzt geht's wieder. Ich bin zum Schlachtensee geradelt und hineingesprungen, obwohl es eigentlich viel zu kalt dafür ist. Das hat ein bisschen geholfen. Eigentlich halte ich es überhaupt nur in der Natur aus. Am erträglichsten ist es im Wald. Wenn der Wind durch Äste und Blätter geht. Wobei: In den ersten Wochen hat mich jeder grüne Trieb, jedes Blatt, das sich entrollen will, vor Schmerz und Zorn heulen lassen. Kein Mensch sollte im Frühling sterben dürfen.

Aber ich will versuchen, Dir zu berichten, was geschehen ist. Wenn mir das gelingt, gelingt es mir vielleicht auch, nicht wahnsinnig zu werden. (Die Bruchstücke, die ich vorhin in die Tasten gehauen habe, lasse ich einfach so stehen. Nimm sie, wenn Du willst, zum Anlass für einen Deiner berüchtigten, mitleidig-verächtlichen Blicke, nimm sie, wenn Du willst, als Hinweis darauf, wie es mir in Wahrheit geht.)

Nachdem sie mich in München aus dem Krankenhaus geworfen hatten, habe ich sofort den Anwalt angerufen, der sowohl die Agentur als auch meine Mutter bei ihren privaten Rechtsstreitigkeiten vertreten hat. (Muss ich erwähnen, dass der Mann an meiner Mutter blendend verdient hat?) Das feige Frettchen erklärte, es könne mich leider nicht persönlich treffen, es habe eine »Hypertonie«, und man höre ja so viel darüber, dass dieses Virus nicht nur die Lunge, sondern womöglich auch das Herz angreife. Aber es wolle versuchen, einen Eilantrag gegen das Besuchsverbot einzureichen.

Wenn ich an jenem Tag eine Waffe gehabt hätte, ich hätte sie benutzt. Und wenn ich ehrlich bin: Ich wünschte, ich hätte an jenem Tag eine Waffe gehabt. Wie barbarisch darf ein Staat werden, der sich so viel darauf zugutehält, ein Rechtsstaat zu sein? Einer Tochter verbieten, bei ihrer sterbenden Mutter zu sein? Einen Menschen zum einsamen Tod in einem Maschinensaal verdammen? In den USA haben sogar Todes*sträflinge* einen Anspruch darauf, dass Angehörige dabei sein dürfen, wenn der Staat ihnen das Gift in die Vene haut. Aber hier? Jetzt, bei uns? Die grassierende Staatsräson ist um kein Haar weniger brutal als die von König Kreon, der Antigone verbieten will, ihren toten Bruder zu bestatten. Nur dass unser Staatsfeind Nr. 1 ein Virus ist.

Wochenlang sind unsere Verantwortlichen blind für die Gefahr gewesen. Jetzt sind sie blind vor Rettungseifer. Wie eine Horde durchgegangener Sanitätsnashörner überbieten sie sich im Menschenlebenrettenwollen – und merken nicht, dass sie dabei die Menschlichkeit tottrampeln.

KEIN STAAT DIESER WELT HAT DAS RECHT, EINEN MENSCHEN ZUM EINSAMEN TOD ZU VERDAMMEN!!!

KEIN MENSCHENLEBENRETTENWOLLEN RECHTFERTIGT ES, EINER TOCHTER ZU VERBIETEN, BEI IHRER STERBENDEN MUTTER ZU SEIN!!!

Ich muss nicht heulen. Es ist das erste Mal, dass ich nicht heulen muss, wenn ich davon berichte, was geschehen ist. Deine Missbilligung ist mir egal. Es tut *gut*, wenn mein Zorn so glühend wird, dass jede Träne an ihm verdampft.

Der Anwaltsfeigling hat natürlich nichts erreicht. Eilantrag abgelehnt. Er wollte es mir als großen Sieg verkaufen, dass ich meine Mutter wenigstens noch als Leiche sehen dürfe. Aber ich wollte meine Mutter nicht als Leiche sehen. Nicht in diesem Krankenhaus, nicht in dieser verzweifelten Gralsburg der Lebensrettung, die in Wahrheit keine wundertätigen Ritter birgt, sondern panische Stümper, die einem zuerst den Eintritt verwehren und dann, wenn sie versagt haben, die Zugbrücke runterlassen und sagen: Bitte, jetzt können Sie zu ihr, Sie finden die Leiche im Plastiksack. Und hier ist die Plastikvollmontur, die Sie, bitte, selbst anlegen müssen.

Du brauchst mir nicht zu antworten, dass ich ungerecht bin. Dass die Ärzte und Pfleger und Schwestern im Krankenhaus weder etwas für die Seuche noch für die Seuchenverordnungen können. Dass sie bestimmt ihr Bestes versucht haben, um meine Mutter zu retten. Dass ich, wenn ich mich einen Moment beruhigen würde, selbst zugeben müsste, dass es *vernünftig* ist, wenn Krankenhäuser in Seuchenzeiten die Zugbrücke hochziehen. Dass es nichts hilft, wenn ich in meinem Zorn, der mindestens ebenso meiner Leichtsinnsmutter gilt, einäugig wie ein Zyklop gegen das Krankenhaus wüte. Dass ich den tragischen Knoten mit meinem Zorn nicht zerschlagen werde.

Aber ich schreibe hier keine Doktorarbeit! Ich will von dem altklugen Scheiß, den ich fabriziert habe, als ich noch vollkommen ahnungslos gewesen bin, was *Verzweiflung* ist, nichts mehr wissen!

»Im tragischen Konflikt geht es darum anzuerkennen, dass beide Seiten im Recht sind, dass jede Seite, indem sie ihr Recht ausübt, der Gegenseite ein Unrecht antut und somit einen unversöhnten Rest produziert. Sollen die Folgen eines tragischen Konflikts einhegbar sein, muss die Seite, die ihr Recht bekommen hat, jeglichen Gestus der Selbstgerechtigkeit unterdrücken und vielmehr alles daransetzen, den unversöhnten Rest zu versöhnen.«

Gott, Max! Wenn ich daran denke, wie leidenschaftlich wir über diese Worthülsen gestritten haben! Über diese Worthülsen, die noch nicht einmal die Hülsen von Platzpatronen sind! »Unversöhnter Rest«! »Gestus der Selbstgerechtigkeit«! »Einhegbar«! Nichts als Blabla!

Denn jetzt steig ich in meinen Busen nieder,
Gleich einem Schacht, und grabe, kalt wie Erz,
Mir ein vernichtendes Gefühl hervor.

Darum geht's! Der *Raserei* ihr Recht zu lassen!

Muss ich noch von der Beerdigung berichten? Wie auf das Unrecht, das an meiner sterbenden Mutter begangen worden ist, das Unrecht an der Toten getürmt wurde?

Auch wenn sie sich in Wahrheit für unsterblich hielt: Seit ich mich erinnern kann, sprach sie davon, wie sie einmal bestattet werden möchte: mit einem großen Fest. Vor Capri wollte sie ins Meer gestreut werden, und all ihre Freunde – ihre vielen, vielen Freunde – sollten sich versammeln und drei Tage und drei Nächte tanzen und trinken, bis sie selbst ins Meer fielen.

Natürlich war das nicht ernst gemeint, war das nur eine von ihren Geschichten. Aber wer war meine Mutter, wenn nicht ihre Geschichten? Je weniger sie wusste, wer sie war, desto genauer wusste sie, wer sie sein wollte. Diese Bilder von sich, die hat sie wie einen Speer vorausgeschleudert – und kaum hat sie die Faust gelöst, ist sie selbst schon hinterhergerannt. Das hat ihrem Leben immer eine Richtung gegeben, hat sie in Schwung gehalten.

Und jetzt? Soll ich Dir von der absurden Veranstaltung erzählen, die uns die Ordnungsmacht gestattet hat?

Als ich am Bogenhausener Friedhof ankam, sah ich als Erstes die Boulevardgeier, Hälse und Kameras schreiend gereckt, auf dass ihnen ja kein trauerndes Prominentengesicht, ja keine zu versilbernde Träne entgehe. Mit diesem Anblick hatte ich gerechnet, und als ich mich zwischen zwei Metallabsperrungen Richtung Friedhof durchschob, dachte ich kurz: Vielleicht hat dieses ganze *Komm-mir-nicht-zu-nah* (vulgo: »Social Distancing«) doch sein Gutes, immerhin hält es auch den Geierschwarm auf Abstand. Womit ich nicht gerechnet hatte: Wie kalt mich der nächste Anblick erwischte – obwohl mich das Anwaltsfrettchen vorgewarnt beziehungsweise mir erklärt hatte, welch fantastischer Erfolg es sei, dass überhaupt eine Beerdigung mit mehr als zehn Trauergästen stattfinden dürfe. Wie versprengte schwarze Schäfchen standen Mutters Schauspieler, Mutters Freunde, Mutters »Geschöpfe« auf den beiden Straßen um den Friedhof herum. Ausgesperrt von den Mauern. Bewacht von mindestens zwanzig Ordnungshütern, die peinlich darauf achteten, dass der Schmerz die Schäfchen nicht zur Trost- und Trauerherde zusammentrieb.

Ein paar der guten Hygienehirten gingen mit

Klemmbrettern und »Kontaktlisten« herum, in die sich jeder, der den verwegenen Wunsch äußerte, meiner Mutter tatsächlich *am Grab* die letzte Ehre zu erweisen, mit Namen, Adresse und Telefonnummer eintragen musste. Einer Schauspielerin, die versucht haben will, mit »Daisy Duck, Leck-mich-am-Arsch-Straße 1a, 00000 Entenhausen« durchzukommen, soll ein aufgeweckter Hirte entgegnet haben: »Naa, Sie san net die Frau Duck. I seh Sie do imma im *Tatort*!«

Als der Friedhofsaufseher die Urne mit der Asche meiner Mutter auf die offene Grabstelle zutrug, gefolgt einzig von mir und der ersten Neunerkohorte – ja, es durften tatsächlich nur zehn Trauergäste auf einmal ans Grab, und die nächsten neun außer mir durften erst in den Friedhof hinein, sobald die ersten neun wieder draußen waren –, da hätte ich mir die Urne am liebsten wie einen Football geschnappt und wäre mit ihr bis nach Capri gerannt.

Aus Gründen, die einzig die Hygienegötter kennen, durfte keiner Erde ins Grab werfen. Nur Blumen. Und alles, was ein Hofstaat eben sonst noch als würdige Grabbeigaben für seine Königin betrachtet. (Wenn ich es richtig gesehen habe, hat einer von Mutters Nachwuchsstars seine goldene Armbanduhr ins Grab versenkt. Aber ich habe mich bemüht, bei derlei Exaltiertheiten wegzusehen.)

Immerhin besaßen die meisten von Mutters alten Haudegen und Diven, die mich noch aus Kindertagen kennen, die Größe und den Mut, mir nicht bloß aus anderthalb Meter Entfernung zuzunicken, pathetische Beileidsworte hinzuhauchen oder irgendwelches Kondolenz-Distanz-Theater aufzuführen – mittlerweile werde ich rabiat, wenn jemand zur Begrüßung dieses alberne Ellbogen-an-Ellbogen-Gerubbel veranstalten will, das uns als »das neue Cool« verkauft wird –, ausgerechnet die Alten, die »Vulnerablen«, wie man sie neuerdings auch nennt, hatten das Herz, mich schlicht und einfach zu umarmen. Trotzdem weinte ich an jenem Vormittag nicht nur aus Trauer, sondern auch, weil alles so trostlos war.

Bis endlich Theo, das wunderbare Walross, *Schlachtross* Theo zwei Grappaflaschen aus seinem schwarzen Mantelzelt zog, sie wie der Vater aller Freiheitsgöttinnen rechts und links in die Höhe reckte, »auf Etta!« brüllte und schnaufend und schluchzend jedem, der sich weigern wollte zu trinken, Schläge androhte. Auch wenn die zickigste von Mutters Diven fluchtartig den Friedhof verließ, auch wenn die Hygienehirten rasch zur Stelle waren, um uns erst zu ermahnen und dann mit der »Auflösung der Trauergemeinde« zu drohen – wenigstens diesen Moment des Unbändigen, des Lebens hat es an Mutters Grab gegeben.

Ich weiß nicht, was ich an jenem Tag ohne Theo gemacht hätte. Da hierzulande sämtliche Restaurants, Cafés und Bars seuchenhalber bis auf Weiteres geschlossen sind, hat er mich und Mutters ganze Corona kurzerhand zu sich nach Hause eingeladen. Mitgekommen sind etwa zwei Dutzend, die Mutter entweder tatsächlich geliebt haben oder Trinker mit Furcht vor der Einsamkeit sind oder an jenem Tag einfach nur so verloren waren wie ich. Die restlichen Trauerspieler machten sich still und leise vom Totenacker, getrieben von der Virusangst und der Angst, zu denjenigen zu gehören, über die am nächsten Tag in der Zeitung stehen würde, ihr »grob fahrlässiges Verhalten kann – bei allem Verständnis für das Bedürfnis, gemeinsam zu trauern – nicht anders als fassungslos machen«. (Selbst meine seriöse Zeitung meinte, die Öffentlichkeit informieren zu müssen. Schlagzeile: »Beerdigung für prominente Schauspieleragentin entgleist.«)

Die meisten Trauerspieler verpassen seither übrigens keine Gelegenheit, sich mit Mund-Nasen-Schutz (vulgo: »Alltagsmaske«) ablichten zu lassen. Selbst diejenigen, von denen ich weiß, dass Mutter in jedem Filmvertrag en détail festhalten musste, welche Kameraeinstellungen, Körperteile und Kostüme tabu sind. Theo aber war es herzlich egal, dass er schon am nächsten Tag als schlimmster aller »Virussünder« über den Boulevard gejagt wurde.

Jene Nacht zwischen Delirium, Geschichten, Tränen, Gelächter, Umarmungen und noch mehr Geschichten ist das einzige Licht, das ich mir in der Dunkelheit, die seit dem Tod meiner Mutter herrscht, anzünden kann.

Früher, vor allem in meiner Pubertät, bin ich auf Mutters Schauspieler hauptsächlich eifersüchtig gewesen. Ich mochte ihr »spätes Glück« gewesen sein – so bezeichnete sie mich gern, wenn jemand sie nach ihrer Tochter fragte –, ihre eigentliche Familie waren und blieben die Schauspieler. Deshalb habe ich ein Wort wie »Theaterfamilie« stets gehasst. Weil es mich daran erinnerte, dass ich meine Mutter niemals wirklich für mich hatte. Dass ständig irgendwer bei uns hereingeschneit ist, der dringend etwas mit ihr bereden, beklagen, betrinken musste. Weil »Theaterfamilie« in meinen Ohren den Klang schlafloser Erkältungsnächte in unserer leeren Wohnung hatte, während meine Mutter – »wirklich nur ganz kurz, Liebes!« – irgendwo da draußen unterwegs war. Im Zweifelsfall, um einer ihrer erkälteten Diven, die in drei Tagen Premiere oder einen »sehr, sehr wichtigen« Dreh oder sonst was hatte, warme Halswickel zu machen. Doch seit jener Nacht bei Theo beginne ich zu ahnen, welche Art von Geborgenheit meine Mutter in ihrer Theaterfamilie gesucht – und vielleicht sogar gefunden – hat.

Im Morgengrauen, als der harte Trauerkern auf den Gastgeber, einen weiteren Schauspieler, Mutters Assistenten und mich zusammengeschrumpft war, stellte sich Theo auf den Balkon, um Hofmannsthal zu rezitieren.

Du Tor! Du schlimmer Tor, ich will dich lehren,
Das Leben, eh du's endest, einmal ehren.
Stell dich dorthin und schweig und sieh hierher
Und lern, dass alle andern diesen Schollen
Mit lieberfülltem Erdensinn entquollen,
Und nur du selber schellenlaut und leer.

Wäre Theo weniger betrunken gewesen und wären nicht wir drei anderen neben ihm auf dem Balkon erschienen, um zu applaudieren und ihn alle gleichzeitig zu umarmen, hätte der rechtschaffene Herr Nachbar vielleicht nicht bei der Polizei, sondern bei einer Kulturredaktion angerufen, auf dass sie schnell ein Kamerateam vorbeischicken möge. Seit Theater und Kinos geschlossen sind, erfreuen sich Schauspieler, die von ihren häuslichen Balkonen herabrezitieren, großer Beliebtheit. Der scharfsichtige Blockwart von nebenan hatte aber sogleich erkannt, dass es keine eingetragene Virusgemeinschaft war, die sich dort oben so aufführte, sondern der berühmte Schauspieler mit dem berühmten Alkoholproblem, umringt von fremden, gleichfalls sternhagelvollen Menschen, die laut Seuchenverordnung erstens in diesem Haushalt nichts zu suchen hatten und zweitens den vorgeschriebenen Mindestabstand dramatisch unterschritten.

Mit der Polizei kamen die Geier vom Boulevard, und diesmal fanden sie reichlich zu fressen, denn mittlerweile saßen wir drei, die wir nicht zu Theos Haushalt gehörten, in einer Blauen Minna und wurden über Infektionsschutz, Hygieneregeln, Ordnungswidrigkeiten und Bußgelder belehrt, während Theo noch immer vom Balkon herabbrüllte, durch und durch unbeschwichtigbar, nein – wie war mein Klugscheißer-Begriff gewesen? –, nicht *einhegbar* durch die zwei Ordnungshüter, die man ihm vorsichtshalber dagelassen hatte. Als wir dort unten schließlich verabschiedet wurden – mit der Ermahnung, man wolle angesichts der »außergewöhnlich belastenden Umstände« noch einmal »Gnade vor Recht« ergehen lassen –, fielen wir vor Lachen aus dem Wagen direkt auf den Asphalt, weil Mutters Assistent lallend nachgefragt hatte, wie es denn sein könne, dass wir hier in dieser Karosse nun zu *fünft* säßen, wo denn da, bitte, der Abstand beziehungsweise Anstand bleibe. Wir waren sicher, nie etwas Lustigeres erlebt zu haben.

Ach, Max, ich muss schon wieder weinen. Eben dachte ich, es gehe mir besser, aber das war natürlich nichts als Selbstbetrug. So wie die Nacht in München, *nüchtern betrachtet,* nichts als Selbstbetrug war. Betäubung. Und ich will mir einreden, die Erinnerung an eine Betäubung tauge als Licht in der Dunkelheit.

Gott, wie ich meine Mutter vermisse. Es tut so weh.

Liebe Grüße!
Deine Johanna

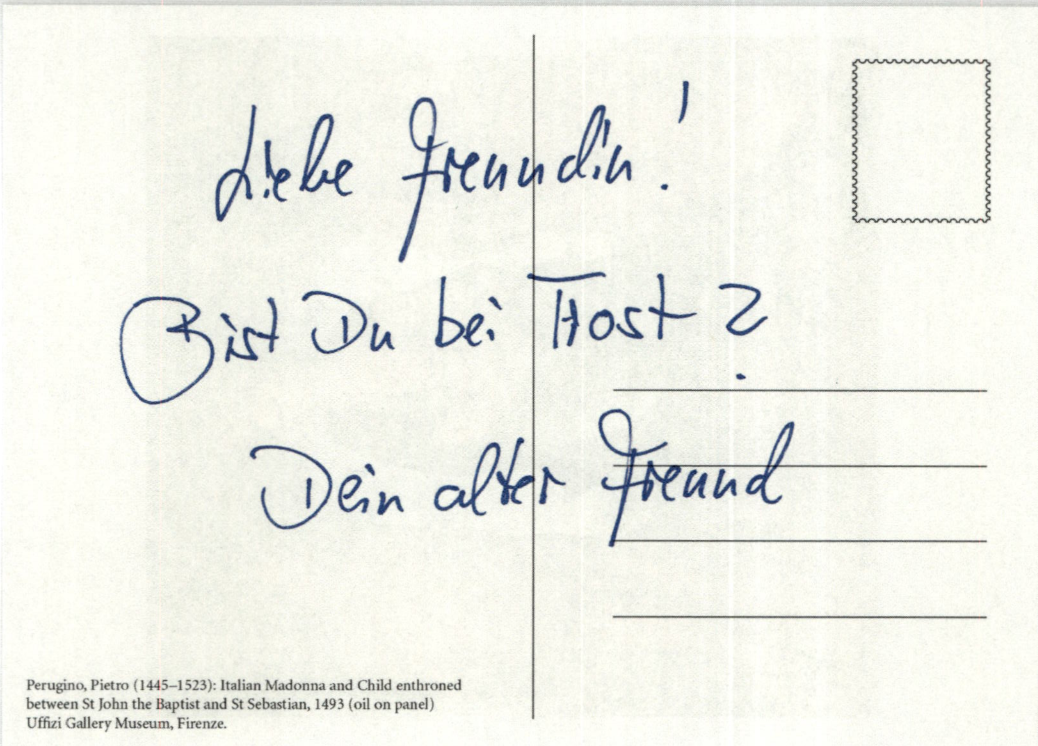
Liebe Freundin!

Bist Du bei Trost?

Dein alter Freund

Perugino, Pietro (1445–1523): Italian Madonna and Child enthroned between St John the Baptist and St Sebastian, 1493 (oil on panel) Uffizi Gallery Museum, Firenze.

Max!

19.05.

Was soll das? Erst schickst Du mir Ägäiskitsch ins Haus und jetzt Heiligenkitsch? Bei der ersten Karte dachte ich noch: Gut, er kriegt auf seiner Insel vielleicht wirklich nicht mit, was auf der Welt los ist. Aber jetzt? Da Du weißt, wie es mir geht, präsentierst Du mir ein läppisches Muttergottes-Bildchen und wagst auch noch zu fragen, ob ich bei Trost bin?

Falls Du Dich für geistreich hältst, muss ich Dich korrigieren: Du bist kindisch und herzlos.

Gruß,
Johanna

20. Mai

Mein liebes Max,

ich fürchte, mein Wutbrief wird schon bei Dir sein, wenn Du dies hier liest. Es tut mir leid, dass ich so schnell geschossen habe.

Die Karte, die Du mir geschickt hast, ist das Gegenteil von herzlos und kindisch! Aber tatsächlich habe ich erst heute Morgen entdeckt, woher sie stammt. (Ich frage Dich nicht, warum Du ausgerechnet eine Postkarte aus den Uffizien zur Hand hast – Gott ist ein Sammler ...)

Zu meiner Entschuldigung kann ich nur anführen, dass Perugino für mich ein halb blinder Fleck ist. Außer dass er mit Vorliebe heilige Sebastians gemalt hat, fällt mir zu ihm nichts ein. Bei den Uffizien denke ich – nein, nicht an Botticelli, aber noch viel weniger an die endlosen Gänge im milden Heiligenschein. So wie meine Mutter denke ich an Caravaggio, an Gentileschi. Ich denke an »Das Haupt der Medusa«, »Die Opferung Isaaks«, »Judith köpft Holofernes«, an Bilder, auf denen sich die Angst, der Zorn, der Schmerz nicht himmelwärts lächelnd verklären, sondern dir ungezügelt entgegenschreien. (Um der Wahrheit Genüge zu tun: Meine Mutter hat vor allem Caravaggios »Bacchus« geliebt.

Trotzdem hat sie mir, als sie mich zum ersten Mal in die Uffizien mitgeschleppt hat, im Museumsshop das »Judith köpft Holofernes«-Plakat gekauft, das ich unbedingt haben wollte. Und irgendwie, glaube ich, war sie doch stolz, dass ich es in meinem Mädchenzimmer aufgehängt habe. Auch wenn sie immer gesagt hat: Kein Wunder, Liebes, dass du Albträume hast! Vielleicht denkst du mal über ein anderes Bettplakat nach.)

Inzwischen habe ich begriffen, dass Du mir nicht wahllos Trostkitsch ins Haus schickst, sondern mich wohl dezent darauf aufmerksam machen willst, dass ich mit Schreien und Wüten keinen Zentimeter Abstand zwischen mich und meinen Schmerz bringe. Aber leider kann ich es nicht ändern: Ich schaue mir diese melancholische Maria mit ihrem elegischen Wonneproppen auf dem Schoß an, ich schaue mir den versonnen zu Boden blickenden Heiligen zu ihrer Linken an, ich schaue mir den entrückten – hier allerdings äußerst dezent – mit Pfeilen gespickten Sebastian zu ihrer Rechten an, und ich empfinde: nichts. Der Geist, die Haltung, die sich in diesem Gemälde ausdrücken, könnten mir fremder nicht sein. Bringe ein Kind zur Welt, von dem du weißt, dass sie es ans Kreuz nageln werden, lebe in Bettelarmut, lasse dich von Pfeilen durchbohren – was soll's? Hauptsache, du trägst es mit Anmut und Würde.

Lieber Max, ich weiß, Du bildest Dir viel darauf ein, der letzte wahre Stoiker zu sein – aber das ist doch keine Antwort, mit der wir uns im 21. Jahrhundert zufriedengeben können! Es wollten sich ja nicht einmal mehr die avancierteren Menschen des 17. Jahrhunderts mit ihr zufriedengeben. Hätte Artemisia Gentileschi, nachdem ein Freund ihres Vaters sie vergewaltigt hatte, Bilder malen sollen, auf denen eine heilige Agatha ihre abgehackten Brüste dem Betrachter mit ergebenem Lächeln auf dem Silbertablett präsentiert, nach dem Motto: Schaut her, was mir angetan wurde, aber das ist ja kein Grund, auch noch aus der Haut zu fahren …? Nein, sie wollte Judith malen, die Furie Judith, wie sie Holofernes köpft, wie sie zusammen mit ihrer Dienerin den Mann aufs Bett drückt, wie das Blut aus seinem Hals spritzt.

Du kannst den Rotstift liegen lassen, ich merke selbst, wie in meinen letzten Sätzen die Hilfsverben durcheinanderpurzeln: *können, wollen, sollen.*

Womöglich hätte Gentileschi Bilder von wundersam in sich ruhenden Märtyrerinnen malen *können.* Aber offensichtlich *wollte* sie nicht. Und hätte sie es wirklich *sollen*?

Man muss schon ein gesteigertes Maß an Wirklichkeitsverachtung mitbringen, um diese Frage mit Ja zu beantworten. Wer das Leid, das in dieser Welt geschieht, an sich abperlen lässt, der gibt zu, dass er vor dem Leid kapituliert hat. Steckt nicht in jedem dieser traumverlorenen Märtyrer ein Verräter? Weil er aufgehört hat, gegen das Leid in der Welt zu rebellieren? Glaubst Du, der Mensch hätte eine einzige Krankheit besiegt, ein einziges Unrecht beseitigt, wenn er sich mit dem Leid in der Welt milde lächelnd arrangiert hätte? Nicht die Gelassenheitsapostel, nicht die Unerschütterlichen, sondern die *Verzweifelten*, die *Zornigen* sind das Salz der Erde!

Und Du fragst mich, ob ich bei Trost bin? Natürlich habe ich begriffen, welche Denkübung Du in diese Frage verpackst. Du willst mir nahelegen, dass ich den Verstand verliere, wenn ich nicht zu Trost komme. Ich verspreche Dir, ich werde über den – möglicherweise bestehenden, möglicherweise von der deutschen Sprache bloß herbeigeraunten – Zusammenhang zwischen »Trost« und »Verstand« nachdenken. Aber zunächst erlaube mir die Gegenfrage: *Warum* sollte ich bei Trost sein?

Ich bin sicher, Du kennst den Goethe-Satz, dass es Fälle gibt, »wo jeder Trost niederträchtig und Verzweiflung Pflicht« ist. Aus diesem Satz spricht der aufrechte Mensch. Spricht Faust. Spricht Prometheus. Sprechen die Städtebauer, Landgewinner, Revoluzzer, Ärzte, Forscher, Erfinder, Weltumsegler. Aus diesem

Satz sprechen alle, die das Wort »Schicksal« für eine lasche Abfindungsformel halten.

Soll ich sagen, ach, Gott, ja, ist halt passiert, dass meine Mutter, die in diesem Frühjahr nicht hätte sterben müssen, gestorben ist. Ist halt passiert, dass hilflose, überforderte Seuchenmanager sie zu diesem einsamen Tod verdammt haben. Ist halt passiert, dass ich nicht bei ihr sein, mich nicht von ihr verabschieden konnte. Ist halt passiert, dass sie nicht so bestattet werden konnte, wie sie es sich ihr Leben lang erhofft hat. Ist halt passiert, dass in meinem Leben plötzlich dieser Krater aufgerissen ist. Ist halt passiert ... Ist halt passiert ... Ich will diese Ergebenheitslitanei nicht hören! Ich will gegen alle, die für dieses Leid verantwortlich sind, wüten, ich will das Leid nicht »Schicksal« nennen müssen, ich will es »Unrecht« nennen dürfen. Und wer mir meinen Zorn zum Vorwurf macht, begeht das nächste Unrecht!

Was willst Du mir also mit Deinem Perugino sagen? Selig sind, die Leid tragen, denn sie sollen getröstet werden? Mit diesem Satz hält man, pardon, Lastesel bei Laune! Das brave Eselchen, das sein Leid so artig trägt, soll dann auch sein Trostzuckerchen bekommen. Ich will aber kein ruhiggestellter Lastesel sein! Ich will, dass diejenigen, die Leid *verschulden*, zur *Rechenschaft* gezogen werden.

Ich höre Dich lachen: Wen, liebe Johanna, willst Du denn so alles vor den Richterstuhl zerren? Deine tote Mutter? Das Virus? Gott? Glaubst Du ernsthaft, es verschafft Dir Genugtuung, wenn Du ein paar Politiker und ein Krankenhaus verklagst? Du hast es mit dem *Tod* zu tun – und willst den Prozesshansel machen?

Ich weigere mich, so zu denken. Diese Logik zeugt nur scheinbar von Mildgeistigkeit. In Wahrheit redet sie der Barbarei das Wort. Denn worauf beruht unsere gesamte moralische Welt, wenn nicht darauf, dass wir ein Unrecht nicht einfach geschehen lassen, nicht geduldig hinnehmen, sondern ihm den Prozess machen?

Wenn Du mich nun spöttisch fragen willst, ob ich den Tod als solchen für ein Unrecht halte, so antworte ich: Ja. Der Tod ist der Inbegriff von roher, absoluter Macht. Er kommt, packt uns, foltert uns, zermalmt uns. Wer mit dem Tod seinen Frieden macht, der beugt sich dem Prinzip der Gewalt, der Unterwerfung, der Tyrannei. Wer den Tod hinnimmt, muss auch jegliche andere Form von Gewalt, Unterwerfung, Tyrannei hinnehmen. Wer die Menschlichkeit verteidigen will, muss den Tod auf die Anklagebank setzen.

Diesen Prozess zu führen, obwohl er weiß, dass er ihn verlieren wird, macht den Menschen nicht zum Gespött, sondern überhaupt erst zum Menschen. Sich still in einen Winkel verziehen, um friedlich vor sich hin zu sterben, kann jedes Tier.

Gestern Nacht habe ich Elias Canetti zur Hand genommen, sein Buch gegen den Tod: »Das Kühnste am Leben ist, dass es den Tod hasst, und verächtlich und verzweifelt sind die Religionen, die diesen Hass verwischen.« So spricht ein aufrechter Mensch!

Oder Simone de Beauvoir: »Alle Menschen sind sterblich: Aber für jeden Menschen ist sein Tod ein Unfall und, selbst wenn er sich seiner bewusst ist und sich mit ihm abfindet, ein unverschuldeter Gewaltakt.«

Falls ich jemals anfangen sollte, über die Möglichkeit von Trost nachzudenken, wäre mein einziger Trost, dass es Menschen gab und gibt, die vor dem Tod, vor der Gewalt, vor der Tyrannei, vor dem Unrecht nicht zu Kreuze gekrochen sind. Wenn Du mir eine Trostkarte schicken willst, dann schick mir das Bild eines Untröstlichen!

Herzlichst,
Johanna

Liebe Freundin!

Meinst Du nicht, Du nimmst
mit Deinem Evangelium der
Trostlosigkeit das Leben
etwas zu leicht?

Dein alter Freund

Jacques-Louis David
Der Tod des Sokrates
1787

30. Mai

Bester Max,

Du bist ein Ekel! Allein schon die Tatsache, dass Du stur daran festhältst, per Postkarte zu kommunizieren, macht Dich dazu. Ist Dir eigentlich klar, dass diese Marotte um kein Haar besser ist als die von Dir verachtete digitale Zwitscherei? Der einzige Unterschied besteht darin, dass Deine verdammten Kurzbotschaften ewig brauchen, bis sie hier einschlagen. Damit Du eine Vorstellung davon bekommst, in welcher Gemütslage mich Deine jüngste Unverschämtheit erreicht, erzähle ich Dir, wie ich die vergangenen Tage verbracht habe.

Ich war in München, gestern Abend erst bin ich nach Berlin zurückgekommen. Eine ganze Woche Todesbürokratie. Selbstverständlich hat meine unsterbliche Mutter, die nun dennoch erblasst ist – ich musste das Wort »Erblasserin« zweimal lesen, bis ich es kapiert habe –, kein Testament gemacht. Da der Herr Komponist, der vor achtundvierzig Jahren die Güte hatte, mich zu zeugen und sich aus dem Leben meiner Mutter zu verabschieden, zehn Jahre später die noch größere Güte hatte, sich auch aus seinem Leben zu verabschieden, ist die Sache einfach. Erbrechtlich. Der Rest ist ein heilloser Wirrwarr.

Ich habe keine Ahnung, was mit der Agentur geschehen soll – zumal in diesen Zeiten, in denen niemand wirklich weiß, wann die Theater wieder spielen, wann Filme wieder ganz normal gedreht werden dürfen. Zum Glück hatte meine Mutter auch im Geschäftsleben zwei rechte Hände, ihr Assistent und die Agentin, die sie sich seit einer Weile als Stellvertreterin herangezogen hat, scheinen den Laden im Griff zu haben. Ich könnte es nicht ertragen, wenn nun auch noch die Agentur, die Mutter alles gewesen ist, zum Orkus gehen würde.

Laszlo und Pamela – so heißen Mutters rechte Hände – meinen zwar, sie trauten es sich zu, den Laden »in Ettas Geist« weiterzuführen. Aber ich bin nicht sicher. Klar. Sie sind beide auf Zack, sonst hätte meine Mutter sie nicht eingestellt. Und sie scheinen das Chaos, das durch die abgebrochenen oder verschobenen oder komplett abgesagten Theaterproduktionen und Dreharbeiten entstanden ist, gut zu managen. Ich hatte in München ein langes Gespräch mit Theo. (Du erinnerst Dich? Mein Retter am Beerdigungstag.) Er findet die beiden prima, aber wenn ich ihm zuhöre, wird klar, dass Etta sich nicht ersetzen *lässt*. Sie war eben keine »Managerin«, sondern die Mutter der Kompanie.

»Etta war die unbekümmertste Kümmerin, die ich je getroffen habe.« Mit diesem Satz hat Theo sie beschrieben. »Sie war die Letzte, die dem alten Steinberg das Wasser reichen konnte.« (Paul Steinberg war derjenige, der die Agentur nach dem Zweiten Weltkrieg gegründet, meine Mutter erst zu seinem Faktotum und später zu seiner alleinigen Nachfolgerin gemacht hat.) Theo sagt aber auch, ihm sei nicht klar, wie viele der jungen Kollegen überhaupt noch die Sorte Agentin wollten, die ihnen lukrative Filmrollen kategorisch ausredet, wenn sie den Eindruck hat, dass das Drehbuch Mist, die Regisseurin eine Idiotin oder es der falsche Film zum falschen Karrierezeitpunkt ist. Wahrscheinlich muss ich einfach mal mit ein paar jüngeren Schauspielern reden.

Noch viel weniger weiß ich, was ich mit Mutters Wohnung anfangen soll. Mich verbindet kaum etwas mit ihr – meine Mutter hat sie erst gekauft, als ich zum Studieren nach Berlin gegangen bin. Und das eigene »Münchner Zimmer«, das sie mir versprochen hat, war ohnehin binnen kürzester Zeit in ein allgemeines Gästezimmer verwandelt. Trotzdem bin ich froh, dass ich erst einmal keine Entscheidung treffen muss. Meine dringlichste Ratlosigkeit im Augenblick ist – ich bitte Dich, lach mich nicht aus –, ob ich die Putzfrau dort weiter wüten lassen darf.

Als ich in die Wohnung kam, war der Kühlschrank leer geräumt und abgetaut. Die Tür stand offen, der

Mechanismus, der das Licht einschaltet, war mit einem Pappstück festgeklemmt. Auf dem Küchentisch standen zwei Flaschen Weißwein, eine Flasche Champagner und diverse angebrochene Ginflaschen – meine Mutter *liebte* Gin Tonic –, daneben ein Zettel: »Schnaps können Sie noch trinken, denk ich. Alles, was sonst auf, hab ich weggekippt. Nächstes Mal kann ich Vorhänge und Teppiche zur Reinigung bringen. Es gibt so Maschinen für Luft Reinigung.«

Erst dachte ich, die Putzfrau wolle die viel beschworenen »Aerosole« aus der Wohnung exorzieren. Aber dann fiel mir ein, dass sie auf meine Frage, ob sie Bedenken habe, die Wohnung einer Seuchentoten zu betreten, am Telefon nur verächtlich geschnaubt hatte. Also dämmerte mir: Diese Frau will den kalten Rauch bekämpfen! Will der Wohnung das Einzige austreiben, was mich die Gegenwart meiner Mutter noch leibhaftig spüren lässt!

Denn als ich die Wohnung diesmal betreten habe, habe ich sofort begriffen: So fühlt es sich also an, in einer Wohnung zu sein, die *ausgestorben* ist. Genauso verwaist wie ich. Aus jedem Theaterplakat, jeder Filmtrophäe, jedem Aschenbecher, jeder Zimmerpalme schaut meine Mutter mich an – aber die Augen sind leer. Da spricht nichts mehr zu mir. Das Einzige, was mich noch erreicht, ist ihr Geruch.

Überrascht es Dich, dass ich an den Schrank mit Mutters eiserner Zigarettenreserve gegangen bin und mir eine angesteckt habe? Obwohl ich seit zwanzig Jahren nicht mehr rauche? Die offenen Schachteln, die *immer* herumlagen, muss diese Putzteufelin ebenfalls weggeschmissen haben.

Gestern, zurück in Berlin, habe ich gedacht, dass ich kindisch bin und dass es nur gut ist, wenn die Münchner Wohnung nicht verkommt. Jetzt, da ich Dir davon erzähle, bin ich nicht mehr so sicher. Wenn ich zulasse, dass eine Putzfrau weiterhin Hausfriedensbruch, *Totenhausfriedensbruch*, verübt, werde ich mich gar nicht mehr dorthin trauen. Ich will doch keine Erbschaftsimmobilie! Ich will einen Ort, an dem ich wenigstens noch irgendeine Verbindung zu meiner Mutter spüre. Einen Ort, der sie wenigstens für Momente wieder bei mir sein lässt, und zwar so, dass ich dabei nicht *nur* ihre Abwesenheit empfinde! Fetzen von Geistergegenwart, ein kurzes Gespensterflügelschlagen – ach, was weiß ich.

* * *

Ich bin zur Tankstelle gegangen und habe mir eine Schachtel Zigaretten gekauft. Wieder mit dem Rauchen anfangen, während da draußen eine Lungenseuche tobt. Bravo!

Nun aber zu Dir!

Nach allem, was ich schon berichtet habe, verrate ich Dir jetzt, dass ich mich in einer der Münchner Nächte durch die Kleiderschränke meiner Mutter gewühlt und den seidenen Morgenmantel herausgezogen habe, den sie schon in meiner Kindheit getragen hat. In derselben Nacht habe ich ihr Badezimmer durchforstet, bis ich auf den Rest eines Parfüms gestoßen bin, das ich ihr vor vielen Jahren einmal in der Provence gekauft habe. Ich habe mich mit dem nach Mutter und Sommer duftenden Morgenmantel aufs Sofa gelegt, eine der angebrochenen Ginflaschen leer gemacht und die nächste Zigarette geraucht. Als es irgendwann keine Zigaretten mehr gab, habe ich Mutters geheiligtes Benzinfeuerzeug trotzdem wieder und wieder aufflammen lassen und überlegt, wie es wäre, aus der Küche die restlichen Ginflaschen zu holen, sie über dem Sofa auszuschütten und das brennende Feuerzeug einfach fallen zu lassen. Wahrscheinlich habe ich es nur deshalb nicht getan, weil ich plötzlich daran denken musste, dass der alte Steinberg meiner Mutter dieses Feuerzeug vermacht hat und dass die Familie des alten Steinberg im Holocaust ermordet worden ist.

Doch ganz gleich, ob ich nur deshalb noch hier sitze, weil mich Feigheit oder Scham überkommen haben: Meinst Du nicht, dass *Du* Dich fragen solltest, wie Du auf die bizarre Idee kommst, ich würde (a) ein »Evangelium der Trostlosigkeit« verkünden und damit (b) das Leben zu *leicht* nehmen?!

Max! Ich schlafe nicht mehr. Ich habe fünf Kilo abgenommen. Es macht mich rasend, dass ich fast keine Freunde treffen kann, weil alle daheim – oder in ihren Gärten! – sitzen und – – – Abstand halten!!! Es macht mich rasend, dass meine Kletterhalle geschlossen ist, dass es keine Clubs, keine Konzerte gibt, in die ich fliehen kann. Ich schreie, wenn mich noch einmal jemand fragt, ob ich mit ihm nicht ein bisschen durch den Tiergarten spazieren möchte, weil sich dort ja auch locker drei Meter Abstand halten lassen. Der letzte Dauerliebhaber, den ich hatte, bevor die Seuche ausgebrochen ist, hockt bei seiner Familie und fürchtet sich. Ich mache mich lustig über ihn und seine Angst, »etwas nach Hause einzuschleppen«. Dabei weiß ich, dass er just jene Vernunft an den Tag legt, von der ich mir wünsche, meine Mutter hätte sie besessen. Ich sehne mich danach, dass dieses verdammte Virus auch mich erledigt. Ich drehe alles auf, was meine Playlists hergeben: Winterreise, Dylan Thomas, Nick Cave. Einen Weiser seh ich stehen, unverrückt vor meinem Blick, eine Straße muss ich gehen, die noch keiner ging zurück ... Do not go gentle into that good night, rage, rage against the dying of the light ... Where do we go now but nowhere ... Ich renne in den Wald, und die Verse rennen in Endlosschleife mit. Ich klebe so wie alle an den Bildschirmen und verfolge die Zahlen und Listen und Kurven und Weltkarten, die sich mit roten Punkten wie mit tödlichem Ausschlag überziehen. Ich hasse diejenigen, die uns dazu bringen, den ganzen Tag an diesen verdammten Bildschirmen zu kleben, als wären wir Hardcore-Gamer, Highscore-Junkies. Ich lese Zeitungsartikel, die vom wirklichen Sterben erzählen, von Toten, die ein Gesicht haben, die keine Punkte, Kurven und Zahlen sind, sondern tote Männer und Frauen. Ich ertrage keinen dieser Artikel. Ich ertrage es nicht, wenn von Menschen berichtet wird, die in steriler Krankenhauseinsamkeit sterben mussten. Ich ertrage es nicht, wenn ich lese, dass Krankenhäuser und Altenheime Tablets oder Smartphones anschaffen, damit Sterbende sich von ihren Angehörigen fernbildlich verabschieden können. (Wer hätte gedacht, dass sich eine Perversion nochmals pervertieren lässt!) Ich ertrage die Bildschirmkonferenzen nicht, die meine Zeitung abhält. Ich ertrage es nicht, wenn

Schauspieler oder Schriftsteller oder Musiker Videos ihrer Wohnzimmeraufführungen verbreiten. Ich ertrage keine Newsticker. Ich ertrage keine Wissenschaftler, die mir erklären, was »wir« alles wissen. Ich ertrage keine Wissenschaftler, die mir erklären, dass »wir« in Wahrheit nichts wissen. Ich ertrage keine Politiker, die behaupten, die Lage unter Kontrolle zu haben. Ich ertrage keine Politiker, die erklären, wir müssten einander in der kommenden Zeit viel verzeihen. Ich ertrage keine Menschen, die mich auf der Straße über ihren Mundschutz hinweg beäugen, als wäre ich ihr Tod. Ich ertrage keine Menschen, die mich mundschutzlos anlachen, als wären sie die Einzigen, die begriffen haben, dass es sich bei der Seuche um einen Aprilscherz handelt. Ich ertrage keine Freunde, deren Körper mir überdeutlich entgegenruft: Bleib mir vom Leib! Ich ertrage keine Freunde, die mich ungefragt umarmen.

Gelänge es mir, mich kürzer zu fassen, würde ich sagen: Ich ertrage nichts mehr.

Und da kommst Du mir mit »zu *leicht* nehmen« und Sokrates?

Immerhin ist es Dir gelungen, mich kurz zum Lächeln zu bringen, als ich vom Briefkasten kam und Deine Karte noch im Treppenhaus aus dem Umschlag gefingert habe. (Du könntest bei Gelegenheit Briefumschläge kaufen, die weniger widerspenstig sind, irgendwann schneide ich mich noch an dem Papier.) Hat sich Dein Elefantengedächtnis an das »Marat«-Plakat erinnert, das in meiner Studentenwohnung im Bad hing? An den Disput, den wir bei einer meiner Partys hatten? Ich habe Jacques-Louis David damals verteidigt – und würde ihn auch heute noch verteidigen –, weil seine Bilder eine Schärfe haben, als wären sie mit dem Rasiermesser gemalt. Du hast entgegnet, es sei kein Rasiermesser, sondern höchstens ein Guillotinenmesser und das Ergebnis in jedem Fall süßlich-blutiger Revolutionskitsch.

Ich weiß es zu schätzen, dass Du über Deinen Schatten gesprungen bist und mir diesmal ein Gemälde aus »meiner« Abteilung geschickt hast. Aber natürlich wärst Du nicht Du, wenn diese Liebenswürdigkeit mehr wäre als eine Verbeugung, mit der Du mir eine doppelte Provokation überreichst.

Ich ahne, worauf Du hinauswillst: Solange ich gestimmt bin, Wutreden gegen den Trost zu halten, habe ich noch nicht begriffen, wie schwer das Leben tatsächlich ist. Solange geht es mir immer noch zu gut. Wer unter der Last des Lebens (und des Todes) zusammenbricht, der ruft nicht mehr die Verzweiflung zur Pflicht aus, der klammert sich an jeden Trosthalm, den er in die Finger bekommt.

Aber ist das wirklich so? Gibt es nicht genügend Menschen, die auf dem Totenbett noch toben? Die jede Hand, die sich ihnen in tröstender Absicht entgegenstreckt, mit demselben verzweifelten Zorn wegschlagen, mit dem sie sich gegen den Tod selbst wehren?

Kennst Du das grässliche Sterbedrama, das Zola seine Madame Chanteau aufführen lässt? (In einem Roman, der passenderweise »Die Freude am Leben« heißt.) Falls ja, erinnerst Du Dich gewiss an den Furor, mit dem Madame ihre herzensgute Nichte attackiert, die ihr auch in den letzten Stunden fürsorglich beizustehen versucht. Da steht am Schluss nichts von Versöhnung. Ergebung. Dankbarkeit. Da heißt es nur: »Das war das letzte Aufflackern. Mit einer heftigen Bewegung war es Madame Chanteau gelungen, die geschwollenen Beine aus dem Bette zu schleudern, und ohne das Zuspringen der Magd wäre sie zu Boden gefallen. Eine Raserei hatte sie ergriffen, sie stieß nur noch unverständliche Laute aus; mit zusammengeballten Fäusten wie zu einem Kampfe Leib an Leib schien sie sich gegen eine Erscheinung zu verteidigen, die sie an der Kehle gepackt hatte. In diesem letzten Augenblicke musste sie wohl das Ende fühlen, sie öffnete wieder ihre klugen, vom Entsetzen erweiterten Augen. Ein ungeheurer Schmerz ließ sie einen Augenblick die

Hände an die Brust führen. Dann fiel sie in die Kissen zurück und wurde schwarz. Sie war tot.«

Da ist weit und breit kein Trost in Sicht!

Ebenso wenig wie in dem Gedicht, das mit mir läuft, wenn ich durch den Wald fliehe. In dem Dylan Thomas seinen sterbenden Vater anfleht, sich nicht ins Todesschicksal zu fügen: »Do not go gentle into that good night, rage, rage against the dying of the light ...«

Niemand kann mir einreden, meine Mutter gehöre zu den Leisesterbern, zu denen, die »sanft« hinübergehen in die »gute Nacht«.

Ich habe die Papiere gesehen, die sie im Krankenhaus unterzeichnet hat. Sie *wollte* an dieses verdammte Beatmungsgerät angeschlossen werden; sie war *einverstanden*, in ein künstliches Koma versetzt zu werden; sie war *bereit*, alle Risiken und Nebenwirkungen in Kauf zu nehmen. Sprich: SIE WOLLTE LEBEN! UM JEDEN PREIS ÜBERLEBEN!

Ich weiß nicht, ob im künstlichen Koma eine innerste Schicht der Persönlichkeit wach bleibt, mit der sich noch wüten lässt. Sollte es sie geben, bin ich sicher: Meine Mutter hat gewütet. Auch wenn ihre Züge, wie der Arzt mir versichert hat, »ganz friedlich« gewesen seien. Wahrscheinlich ist das die Trostsülze, die er allen Hinterbliebenen auftischt.

Da ich meine tote Mutter nicht mehr sehen konnte,

unter den unwürdigen Umständen nicht mehr sehen *wollte*, habe ich mir einen Fotoband mit Totengesichtern besorgt. (Der Bestatter erklärte mir, er könne mir kein letztes Foto meiner Mutter machen. Die Leiche muss im Seuchensack, und der Seuchensack muss geschlossen bleiben.)

In dem Bildband geht es ungefähr so mildgesichtig zu wie in den Madonnen-Heiligen-Gängen der Uffizien. Die Leute sehen auch gar nicht mehr wie echte Menschen aus. Eher wie Charaktermasken, vom Tod allesamt über denselben Leisten geschlagen, Modell »verklärter Resignierer«. Wahrscheinlich haben Perugino & Co. auf ihren Gemälden einfach nur Tote abgepinselt.

Wenn ich die Galerie der Foto-Toten an mir vorüberziehen lasse, vermute ich: Die oberflächliche, die scheinbare Entspanntheit ihrer Züge, ist – abgesehen davon, dass sie sich einem rein physiologischen Vorgang verdankt – das Pflaster, mit dem Mutter Natur versucht, ihre Kindeskinder darüber hinwegzutrösten, dass gestorben werden muss. Aber ist dieses Trostpflaster nicht wie alle Trostpflaster verlogene Augenwischerei? Das klebrige Zuckerbrot, mit dem Mutter Natur die Wunden zukleistern will, die sie mit ihrer Peitsche schlägt? Abstoßende Verlustversüßung? Widerwärtige Niederlagenverniedlichung?

Stopp. Ich will mich nicht abermals in Rage schreiben.

Natürlich habe ich Deinen Wink mit Sokrates' erhobenem Zeigefinger verstanden: Wenn einer kein Augen-gen-Himmel-Verdreher, kein milder Dulder gewesen ist, dann er. Er war der genaue Hingucker, der Augen*frei*wischer. Und trotzdem hat er weder gegen den Tod noch den Trost gewütet. Hat es hingenommen, dass ihn das ruhmreiche Athen völlig zu Unrecht zum Sterben verurteilt hat.

Ich werde darüber nachdenken und will versuchen, dabei nicht stur zu sein, sondern – um es mit einem Deiner Lieblingswörter zu sagen – *redlich*. Aber nicht jetzt. Pünktlich zum Sonnenaufgang bin ich müde. Und beinahe fühlt es sich an, als könnte sich zum ersten Mal seit Wochen etwas einstellen, das den Namen »Schlaf« zumindest halbwegs verdient.

PS. Doch, ja: Vielleicht wäre es schön, Frieden mit dem machen zu können, was geschieht, ohne es rechtfertigen zu müssen.

Frohe Pfingsten,
Deine Johanna

6. Juni

Lieber Max,

ich *habe* mich bemüht. *Redlich.* Aber aus dem Kerker, in dem ich sitze, weist auch Sokrates' erhobener Zeigefinger nicht hinaus. Selbst wenn er der Leithammel der Aufklärung gewesen ist und kein Leidlamm Gottes – verzeih den Kalauer, aber Humor, und sei es ein alberner Kalauer, scheint mir immerhin *eine* Brosame vom Tisch des Trostes zu sein –, selbst wenn Sokrates der Leithammel der Aufklärung gewesen ist, zeigt sein Finger dennoch auf den/die/das da oben. Wenn Du aber davon ausgehst, dass da oben nichts ist außer einem sich in rasender Geschwindigkeit ausdehnenden Universum, dann hast Du nur noch die Wahl, ob Dich dieser Finger wütend oder ob er Dir Angst machen soll.

Letzte Nacht bin ich auf die Leiter gestiegen, um meine alte Platon-Ausgabe aus dem Regal zu holen. Und tatsächlich, für den kurzen Moment, in dem ich den Staub von den Büchern geblasen und die leicht brüchigen, mit Anstreichungen und winzigen Bleistiftanmerkungen übersäten Seiten aufgeschlagen habe, habe ich gedacht: Ja, das könnte mich beruhigen. Es könnte befreiend sein, die Gedanken auf etwas zu konzentrieren, das weit außerhalb des Trauerkokons liegt, in den ich mich einzuspinnen drohe.

Lies wieder, habe ich mir gesagt, wie du früher einmal gelesen hast! Als es ein anstrengendes, mühsames, herzerhebendes Abenteuer gewesen ist, Bücher zu lesen, die nicht einfach genommen, sondern eingenommen werden wollen. Texte wie Festungen, in die kein Weg hineinzuführen scheint. Das Glück, wenn du noch ganz im Dunkeln tappst und plötzlich von irgendwo ein schwacher Lichtstrahl der Erkenntnis durch die dicken Mauern zu dir nach draußen dringt. Wenn du weißt, hier musst du bohren, hier krallst du dich fest, hier lässt du erst wieder ab, sobald ein Steinblock nachgibt. Das Glück, wenn nach dem ersten Stein ein zweiter fällt. Ein dritter. Das größte Glück, wenn du plötzlich im Innern der Festung stehst. Selbst wenn es zunächst nur die trübe Latrine ist und du keine Ahnung hast, wie du von dort in die hell erleuchteten Säle gelangen sollst.

Wäre ich eine Kleist-Figur, würde ich jetzt seufzen: »ach!« – dieses Glück beim Erinnern an die alten Schwerlektüren war schnell dahin. Je langsamer ich vorankam, je häufiger ich zurückblättern musste, desto mehr spornte es mich an. *Damals*. Jetzt war da nur noch Ungeduld. Zerfahrenheit. Schon wieder eine Flammenschrift, die über einen der vielen Bildschirme flackert. Schon wieder ein Gedanke, der nichts zum »Phaidon« und auch sonst zu nichts beiträgt, aber dennoch meine Aufmerksamkeit heischt, bis der nächste Gedanke querschießt, um mich mitzuschleifen. Dauerabgelenkt, in nichts vertieft.

Ich höre Dich von Deiner Insel rufen: Da seht ihr, was eure famose Hochgeschwindigkeitswelt anrichtet, die Hirne pulverisiert ihr euch und die Seelen dazu!

Sicher tun wir das. Aber ist es das allein? Kann es nicht sein, dass sich nur derjenige in etwas *vertiefen* kann, der auch eine klare Ausrichtung nach *oben* hat? Damit meine ich selbstverständlich nicht das hektische Aufsteigen-Wollen, die verbissene Rempelei und Kraxelei, die sich hinter dem Wort »Karriere« verbirgt. Und ich meine noch nicht einmal meine Leidenschaft fürs Klettern. (Vor ein paar Tagen durfte meine Kletterhalle endlich wieder öffnen, sie war seit März ebenfalls geschlossen. Auch wenn ich vermute, dass die Vorstellung, wie Menschen sich an Plastikgriffen und -tritten eine künstliche Wand hinaufschieben, die einzige Vorstellung ist, die Dir noch abwegiger erscheint als die von Klettern überhaupt – für mich sind diese zwei Stunden, in denen ich nur noch Finger und Füße und Körperspannung sein durfte, das Trostähnlichste gewesen, das mir seit dem Tod meiner Mutter widerfahren ist.)

Aber zurück zu Sokrates. Ich schaue ihn an und sehe einen Menschen, der Halt hat. Dessen Zeigefinger eine Luftwurzel ist. Der selbst auf dem Totenbett noch die Gewissheit hat, sich am einzig richtigen Platz zu befinden.

Als ich vergangene Nacht mit dem »Phaidon« nicht weitergekommen bin, bin ich zum Computer getigert und habe das Grimm'sche Wörterbuch geöffnet. Ich schulde Dir ja auch noch ein Nachdenken darüber, warum die deutsche Sprache »bei Trost sein« und »bei Verstand sein« in einen Topf wirft. Der Eintrag zu »Trost« ist aberwitzig lang, auch hier: keine Geduld. Immerhin so viel habe ich beim Querlesen zusammengeklaubt: Unsere Märchenonkel meinen, dass »Trost« mit »Trauen« zusammenhängt. Einen Absatz habe ich mir sogar notiert, und zwar die Bedeutung von »Trost« als »Festigkeit, aus welcher Sicherheit und weiterhin, als subjektives Gefühl sich äußernd, Zuversicht und Vertrauen entspringt«.

Ach, Max! Das schreibt sich alles so schön. Aber woher diese »Festigkeit« und »Sicherheit« nehmen? Wie zu »Vertrauen« und »Zuversicht« kommen? Ich bin eben kein gottgleicher Sokrates. Ich bin nur ein Kind meiner trostlosen Zeit.

Ist es ein Zufall, dass, als es mit der Seuche losging, in den Läden als Erstes – außer dem Klopapier – die

Nudeln und das Mehl ausverkauft waren? Die Leute wissen instinktiv, dass ihnen nichts anderes übrig bleibt als zu regredieren. Sie backen Kuchen und mampfen Spaghetti, weil es sie in ihre Kindheit zurückversetzt, und weil sie bis in ihre Kindheit zurückgehen müssen, wenn sie auf ein Lebensgefühl stoßen wollen, bei dem »Festigkeit«, »Sicherheit«, »Vertrauen« oder »Zuversicht« wenigstens irgendwie mitschwingen.

Ich selbst bin ja nicht besser: Ich wickle mich in Mutters Morgenmantel, weil ich nicht weiß, woran ich mich sonst festhalten soll. Sobald ich versuche, »erwachsen« zu sein, sind es einzig mein Zorn und das Gefühl, Unrecht erlitten zu haben, die mir Halt geben.

Vielleicht hat die deutsche Sprache recht. Vielleicht muss ein Mensch ohne Trost irgendwann auch den Verstand verlieren – weil für ihn nichts mehr in Ordnung ist. In ihm ist nichts in Ordnung, und die Welt ist noch viel weniger in Ordnung, und je fester er davon überzeugt ist, dass er erst in Ordnung geraten kann, wenn die Welt in Ordnung gebracht ist, und je zwanghafter er deshalb verlangt, dass die Welt in Ordnung gebracht werden möge, und je deutlicher er begreift, dass die Welt sich aber nicht in Ordnung bringen lassen will, desto heilloser wird die Unordnung in ihm.

Ist das der Grund, warum sich die überwältigende Mehrheit der Deutschen, der Europäer, so bereitwillig den staatlich verordneten »Lockdowns« unterworfen hat? Weil sie sich von jenen Politikern Halt erhofft, die mit grimmig entschlossener Miene verkünden, je nach Seuchenlage »die Zügel anzuziehen«? Ich fürchte, unsere markigen Ordnungsversprecher spüren sehr genau, dass sie auf die Furcht vor der existenziellen Unordnung zählen können. Selbst hier im renitenten Berlin sind die Allermeisten zu ängstlich, die »Lockerungen«, die ihnen die Seuchenrittmeister nach und nach gewähren, beherzt in Anspruch zu nehmen. (In meiner Kletterhalle war es gestern erschreckend leer. Ich hätte gedacht, dass die nach »Vertikalspannung« lechzenden Flachlandtiroler den Laden *stürmen*, sobald er wieder öffnen darf! Aber weit gefehlt. Und das, obwohl Kletterer wahrlich nicht die schlimmsten Angsthasen sind.)

Wir haben in der Redaktion einen lebhaften Streit, ob es angemessen sei, von »Lockdown« zu sprechen, das Wort stamme schließlich aus dem Strafvollzug und könne deshalb zu so beunruhigenden Assoziationen wie »Gefängnis« oder »Eingesperrtsein« führen – statt bei den Menschen das warme Gefühl zu erwecken, von den Ordnungsmächtigen gehegt und beschützt zu werden. Ich bin eine der wenigen, die finden, dass Begriffe aus dem Strafvollzug – »Lockerungen« gehört ja ebenso dazu – wenigstens ehrlich und deshalb völlig angemessen sind, um das zu beschreiben, was in unseren Gesellschaften seit März passiert.

Andererseits: Wie um alles in der Welt soll es der Mensch auch schaffen, selbst in Ordnung zu bleiben, wenn um ihn herum nichts in Ordnung ist? Oder ist die Frage bereits falsch eingeleitet, weil eben nichts *in* der Welt weiterhilft? Weil die Kunst, in einer unordentlichen Welt selbst in Ordnung zu bleiben, nur um *Himmels* oder *Gottes willen* zu erlernen ist?

Ich habe mir vergangene Nacht ein zweites Zitat aus dem Grimm'schen Wörterbuch herausgeschrieben, etwas von Jean Paul, den ich eigentlich nicht mag, aber dieser Gedanke ist, wenn man die Girlanden wegschneidet, interessant: »Einst gab es noch Zeiten, wo ein Mensch Geld und Gut verlieren konnte und mehr dazu, ohne dass er etwas anderes sagte als: Gott hat es getan, wobei er gen Himmel sah, weinte und darauf sich ergab und still wurde. Was bleibt aber den jetzigen Menschen nach dem allgemeinen Verluste des Himmels bei einer hinzutretenden Einbuße der Erde? Er ist dann ohne Halt des Lebens, oder wie das Volk sich richtig ausdrückt, nicht mehr bei Troste.«

Ich frage mich jedoch, ob Paul nicht Henne und Ei verwechselt. Bei ihm klingt es, als habe der Mensch den Himmel verloren und müsse sich deshalb oder seither an die Erde klammern. Aber ist es nicht genau umgekehrt: Je mehr der Mensch auf Erden gewonnen hat, desto weniger braucht er sich an den Himmel zu klammern?

Wenn ich von Geburt an im Elend sitze, kaum hoffen darf, älter als dreißig zu werden, als Frau schon gleich gar keine Aussichten auf irgendeine Art von irdischer Herrlichkeit habe – da *muss* ich mich an den Himmel klammern, wenn ich nicht auf der Stelle verrückt werden will. Selbst der sagenhafteste Kaiser musste sich an den Himmel klammern, weil er wusste, dass es mit all seiner Macht und Pracht allzu schnell vorüber sein konnte. Wozu aber braucht's in einer auf irdische Dauer angelegten Glücks-, Güter- und Versicherungsgesellschaft wie der unsrigen noch einen Himmel – außer als Kulisse für den Sonntagsausflug?

Jetzt bräuchte es ihn. Da der Sonntagsausflug zwar theoretisch wieder erlaubt ist, das Glück dabei sich aber nicht einstellen mag. Wo die Güter noch eine Weile reichen, die Versicherungen noch eine Weile einspringen mögen, sich aber zeigt, dass sie als Himmelsersatz nicht taugen.

Wenn ich daran denke, auf welch armseliges Notprogramm wir unsere Leben haben herunterfahren lassen – Essen, Schlafen, bisschen Joggen im Park, denn vor allem gilt's ja gesund zu bleiben! –, möchte ich schon wieder schreien. Leider muss ich ebenfalls schreien, wenn ich daran denke, dass meine Mutter gestorben ist, weil sie sich dem Imperativ des Notprogramms verweigert hat.

Vielleicht finde ich irgendwann den Weg aus dieser Zwickmühle. Und ich verspreche: Ich gebe Sokrates noch eine ernsthafte Chance, auch wenn es das erste Mal wäre, dass er jemanden aus einer Ausweglosigkeit hinaus- statt in sie hineinführen würde ...

Zunächst einmal muss ich aber eine Reportage schreiben zum Thema: In den Ruinen von Berlin fangen die Blumen wieder an zu blüh'n? Wobei ich jetzt schon, während ich diese beiden Verse aus dem Lied hinschreibe, das Marlene Dietrich so hinreißend in Billy Wilders »A Foreign Affair« gesungen hat, merke, dass es peinlicher – oder schlimmer noch: *obszöner* Bullshit ist, auch nur eine einzige Parallele zwischen Berlin nach dem Zweiten Weltkrieg und Berlin nach dem Lockdown zu ziehen. Na ja. Muss ich mir halt einen anderen Aufhänger für meine Reportage überlegen.

Vermutlich habe ich diesen gedankenlosen Blödsinn nur deshalb in die Runde geworfen, weil ich die Leiterin des Gesellschaftsressorts endlich von ihrer fixen Idee abbringen wollte, ich solle einen Artikel – »gern ganz persönlich« – darüber schreiben, wie es mir mit/seit dem Tod meiner Mutter geht. Ich kann Dir nicht sagen, wie satt ich diesen Zeige-deine-Wunde-Journalismus habe, den immer mehr meiner Kolleg*innen kultivieren.

Ist das schon wieder mein Anti-Trost-Kopf?

Nein, ich glaube eigentlich nicht, dass diese Klageschreiber, die mit heiliger Andacht von den Atembeschwerden berichten, die sie als »vollkommen gesunde 27-Jährige« seit Wochen nicht loswerden, auf der Suche nach Trost sind. Sie wollen mit ihrem kalten Angsthändchen den Leser bei seinem kalten Angsthändchen nehmen. Gleichzeitig wollen sie bemitleidet werden. Und wenn sie genug bemitleidet worden sind – wollen sie noch mehr bemitleidet werden.

Wie hast Du die erstaunliche Fähigkeit des spätmodernen Menschen genannt, unter immer nichtigeren Anlässen immer intensiver und lautstärker zu leiden? Prinzessin-auf-der-Erbse-Syndrom?

In diesem Sinne: Bleib ~~gesund~~ heiter!!!
Deine Johanna

PS: Falls Du übrigens von meiner Klageschreiberei genug hast, musst Du es einfach nur sagen.

14. Juni

Lieber Max,

soll ich mir jetzt um *Dich* Sorgen machen? Eine geschlagene Stunde bin ich im Netz umhergeirrt, bis ich endlich die Information gefunden habe, dass auf Patmos keinerlei Seuchenalarm herrscht. Dafür weiß ich jetzt, dass es in Berlin-Steglitz eine Patmos-Gemeinde gibt, deren Mitglieder an Ostern »hinter verschlossenen Türen« gesessen haben, »ängstlich, traurig, unsicher, wie es weitergeht« – angeblich ganz so wie die »Jüngerinnen und Jünger« damals. Damit die heutigen »Jüngerinnen und Jünger« auch ein bisschen Trost haben, hat man sie per Rundbrief animiert, am Ostersonntag die Fenster zu öffnen oder gar auf den Balkon zu treten – das nenne ich mal eine beherzte Nachfolge Jesu! –, in den Himmel zu schauen und sich überraschen zu lassen: »Ein himmlischer Ostergruß erwartet Sie! Winken, wedeln, grüßen Sie mit allem, was Ihnen gerade zur Hand ist! Wünschen Sie Ihren Nachbarn frohe, gesegnete Ostern!« Falls das Bild nicht lügt, hat es sich bei dem »himmlischen Ostergruß« um einen kleinen Motorflieger gehandelt, Spruchband: »FRIEDE SEI MIT EUCH«.

Vielleicht sind meine beiden letzten Briefe auch einfach verloren gegangen. Aber eigentlich vermute ich hinter Deinem Schweigen etwas anderes: Es wird mir sagen wollen, dass Du mich weiterer Provokationen erst für würdig erachtest, wenn ich meine Sokrates-Hausaufgaben gemacht habe.

Ich darf Dir mitteilen: Ich habe sie gemacht. Das heißt, ich gebe die Aufgabenstellung mit der Bemerkung »Thema verfehlt« an Dich zurück. Ich dachte, Du schickst mir Sokrates ins Haus, damit ich mich mit *dem* Ahnherrn kritischer Vernunft auseinandersetze, dessen Sterbekunst mir beweisen soll, dass Halt und Trost auch ohne religiöse Stützgriffe zu haben sind. (Welche mir bekanntlich suspekt sind, auch wenn man sie noch nicht auf Kindergartenniveau heruntergeschraubt hat.) Eigentlich bräuchte man in dem ganzen verdammten »Phaidon« den Namen »Sokrates« lediglich durch »Jesus« zu ersetzen, und schon hätte die Bibel ihr fünftes Evangelium. (Ja, ja, ja, ich weiß: »Neuplatonismus«. Habe ich immer geschwänzt.)

Es ist alles da: eine Schar von Jüngern, die bis zur Unterwürfigkeit an den Lippen ihres Idols hängen; die frohe Botschaft, dass der Leib und mit ihm alles Sinnlich-Irdische zu verachten sei; die Überzeugung, dass der Mensch nicht sich selbst gehöre, sondern ein Schaf in der Herde der Götter oder – der Monotheismus grüßt schon herüber – *des* Gottes sei; die mit den aberwitzigsten Argumenten begründete Zuversicht, dass die menschliche Seele unsterblich sein müsse; der durch nichts zu erschütternde Glaube, dass die asketischen Seelen der Heiligen, pardon: der Philosophen im Jenseits die schönsten Wohnungen beziehen würden. Und zum Schluss erteilt Sokrates sogar eine Art inneren Missionsbefehl, auf dass nach seinem Tod bloß kein Jünger auf die Idee käme, sein Herz nun doch an Irdisches zu hängen.

Das Einzige, was mir Sokrates erträglicher macht als Jesus: die realistische Bescheidenheit, mit der er sich für ein Menschenkind und keinen Gottessohn hält. (Dass der wackere Jacques-Louis David auf seinem Gemälde den ersten »Homo Deus« aus ihm gemacht hat, steht auf einem anderen Blatt des Revolutionskalenders.) Außerdem nimmt mich für Sokrates ein, dass er wenigstens so tut, als würde er diskutieren, anstatt lediglich zu predigen.

Aber was zum Teufel soll ich mit einem Sermon anfangen, der mir weismachen will, ich könne niemals erkennen, dass, sagen wir: ein Stuhl, ein Baum, eine Kithara allesamt Erscheinungsformen von Holz sind, wenn meine Seele nicht bereits mit der »Idee« von Holz in Berührung gekommen wäre? Dass meine unsterbliche Seele bereits vor meiner Geburt in irgendeinem dubiosen Ideenhimmel herumgegeistert sein muss – wohin sie nach meinem Tod zurückkehren wird?

Nach dieser Logik müsste jede Künstliche Intelligenz, die imstande ist, Muster zu erkennen, eine unsterbliche Seele haben! Tumorerkennungs-KI: unsterbliche Seele! Kreditvergabe-KI: unsterbliche Seele! Du wirst mir doch, bitte, zustimmen, dass dies absurd ist! Müsste der eigentliche Schluss nicht lauten: Einzig das Allerseelenloseste, wie eine KI es ist, kann »unsterblich« sein? Aber vernichtet das nicht alles, was wir mit dem Wort »Seele« verbinden oder einstmals verbunden haben? Die Seele wäre also gerade nicht mehr der schwebende, flirrende, mit keiner Verstandeskraft zu fassende Überschuss übers Rein-Materielle, der »Odem«, der allem Lebendigen, von wem auch immer, eingehaucht ist. Die »Seele« wäre schlicht und einfach ein künstliches neuronales Netz. Das kälteste aller kalten Rechenzentren.

Möglicherweise ist das die Welt, auf die wir zusteuern. Aus klassisch-griechischer Sicht müssen wir allerdings, fürchte ich, sagen: Beim Zeus, o Sokrates, dein Versuch, die Unsterblichkeit der Seele zu beweisen, dünkt krachend mich gescheitert. Und – so du billigst, dass deiner Zeit um ein Geringes ich vorauseile –, nicht minder krachend dünkt er mich gescheitert denn alle Versuche der Christen, die Wiederauferstehung als ein Erwiesenes zu verkündigen.

Du kennst meinen Lieblingstrugschluss bei Paulus? Wenn es keine Auferstehung von den Toten gäbe, dann wäre auch Jesus nicht auferstanden. Wenn aber Jesus nicht auferstanden wäre, dann wäre meine Botschaft sinnlos, und unser christlicher Glaube hätte keine Grundlage.

In diesem Fall würde ich sagen: Lieber Paulus, vielleicht *ist* deine Botschaft ja sinnlos! Euer christlicher Glaube mag Berge versetzen, aber Logik bleibt Logik, und Wunschdenken bleibt Wunschdenken!

Immerhin geben die meisten Christen zu, sogar mit einem gewissen Stolz (»credo quia absurdum«), dass sie an Widersinniges glauben. Ja: Sie scheinen nachgerade *deshalb* Trost zu finden, *weil* sie nicht ganz bei Trost sind. Sokrates oder Platon hingegen verkaufen ihren Widersinn als Trost *durch* Vernunft. Wenn das nicht unredlich ist, dann weiß ich nicht, was unredliches Philosophieren sonst sein soll!

Damit Du siehst, lieber Max, dass ich mich gezwungen habe, gründlich zu lesen: An zwei Stellen zieht Sokrates zumindest in *Erwägung*, dass seine Unsterblichkeitslehre Quatsch sein könnte. Und wie versucht er sie – und sich – zu retten? Mit der Pascal'schen Wette! (Zweitausend Jahre vor Pascal, das zumindest hat mich beeindruckt.) Sokrates erklärt nämlich, dass es sich in jedem Fall *lohne*, an die Unsterblichkeit der Seele und die Erhebung der reinen Seelen im Jenseits zu glauben. Denn sollte diese Lehre richtig sein, ist der Gewinn, den man erhält, immens; sollte die Lehre falsch sein, verliert man nichts, weil – wenn mit dem Tod tatsächlich Schluss ist – man ja keine Gelegenheit mehr hat, seinen Irrtum zu bereuen; plus, angenehmer Nebengewinn: Man ist zu Lebzeiten weder sich noch seinen Mitmenschen auf die Nerven gegangen, weil man dem Tod gelassen bis freudig entgegengeblickt hat.

Da *ich* versprochen habe, redlich zu sein: An diesen Stellen hätte mich Sokrates beinahe gehabt. Da war ich schon bereit, mich zu fragen, ob ich seiner berühmten Ironie auf den Leim gegangen bin, indem ich nicht kapiert habe, dass seine Lehre vom »Ideenhimmel« und der »Unsterblichkeit der Seele« lediglich als philosophischer Witz gemeint ist.

Jetzt, wenn ich dies schreibe, merke ich, dass sich wenigstens ein Trostfensterchen öffnen *könnte*. Denn in der Tat: Was bringt es, sein Leben in Angst vor dem Tod zu verzittern? Erleben wir nicht gerade, wie das scheinbar Vernünftige ins Absurde umschlägt, wenn ganze Gesellschaften sich und ihren Mitgliedern aus Angst vor dem Tod das Leben verbieten?

Moment. Jetzt muss ich meine Gedanken sortieren, sonst geht alles durcheinander.

Am meisten habe ich mich bei Sokrates über die Forderung geärgert, dass der wahre Philosoph in seiner lebenslänglichen Todesvorbereitung danach strebt, sich für alles, was zum Lebendigsein gehört, weniger und weniger zu interessieren. Oder noch krasser formuliert: Der wahre Philosoph strebt danach, »so nahe als möglich am Gestorbensein zu leben«. Warum tut er das? Weil er tatsächlich alles Sinnlich-Leiblich-Vergängliche verachtet und einzig das Geistige für wertvoll hält, wie Sokrates immer wieder betont? Oder weil er an die absurde, protochristliche Belohnungstheorie glaubt, der zufolge nur die Seelen der Asketen in ein himmlisches Jenseits aufsteigen werden, während die Seelen der Sinnen- und Lebensfröner unerlöst auf Friedhöfen umherschleichen müssen oder gleich im Morast des Orkus landen?

Ha! Jetzt weiß ich, wo der Haken ist, den die Sokratische Wette hat: Sie läuft eben *nicht* auf die verblüffend schlichte Erkenntnis hinaus, dass es sich ohne permanente Angst vor dem Tod besser leben lässt und man sich also *im Interesse eines lebendigeren Lebens* irgendwie dazu bringen möge, an ein Weiter- oder Wiederleben nach dem Tod zu glauben. Nein! Die Bedingung für heitere Aussichten im Jenseits, für ein glückseliges Leben *nach* dem Tod wird an eine Diesseitsverstümmelung, an ein kärglich-miserables Leben *bis* zum Tod geknüpft. Und diese Verknüpfung bringt das Argument zu Fall, man habe, wenn man sein Leben im Glauben an die Unsterblichkeit führe, in keinem Fall etwas zu verlieren, sondern nur zu gewinnen. Denn ist es nicht der tragischste – und groteskeste – aller Verluste, sich sein Leben lang artig an der kurzen Leine gehalten, sich jeden Genuss verkniffen zu haben, wenn man im Sterben erkennen muss: Verdammt, Elysium ist nicht! Alles nur Illusion!

Wär's dann nicht *deutlich* klüger gewesen, nach allen Regeln der Kunst *gelebt* zu haben?

Moment – jetzt wird's noch komplizierter. Denn: Was führen *wir* derzeit auf? Ist es nicht eine noch tragischere, noch absurdere Groteske? Weil wir ja sowieso an kein Elysium mehr glauben, sondern einzig und allein ans Leben – und uns trotzdem so ziemlich alles verbieten, was das Leben zum Leben macht? Weil wir die Geburt der alltäglichen Lebensverneinung aus dem Geist der absoluten Lebensbejahung feiern? Weil wir Selbstmord begehen aus Angst vor dem Tod? Was ist das, wenn nicht gleichfalls eine Form von – IRRSINN?

Vielleicht sind wir tatsächlich allesamt dabei, den Verstand zu verlieren. Allerdings führt dies bei uns, im Gegensatz zu den wahren Christen, nicht zu Halt und Trost, sondern zu kopfloser Angst. Müssen wir daraus schließen, dass wir Menschlein – solange es unserer Wissenschaft und Technologie nicht gelingt, der Sterblichkeit ein für alle Mal den Garaus zu machen – zu Trost *verdammt* sind, wenn wir nicht irrewerden wollen?

ABER! Wie soll es uns denn gelingen, uns über Sterblichkeit und Tod hinwegzutrösten, wenn wir nun mal das Leben und *nichts als das Leben* lieben? Wie heißt es bei Canetti? »Ich habe es so schwer, ich lebe gerne.« Um leichter zu leben, müssten wir lernen, weniger gerne zu leben. Aber ist auch das nicht bloß eine weitere Form von – IRRSINN?

Max! Hilf!!!

Liebe Johanna
(mit ihrem Witz am Ende)

POST CARD

JUDITH LEYSTER, THE LAST DROP, CIRCA 1639, OIL ON CANVAS

Liebe Freundin!

Jetzt wiederum fürchte ich:

Nimmst Du das Leben nicht

etwas zu schwer?

Dein alter Freund

Lieber Max, 23. Juni

ich sitze hier und warte auf die Testergebnisse. Jawohl, im Plural. Das heißt: Eigentlich warte ich darauf, dass die verdammten fünf, vierzehn, einundzwanzig Tage rum sind, bis ich mich sinnvollerweise testen lassen kann.

Was ist passiert?

Da ich schon x Versuche gelöscht habe, Dir in wohlgesetzten Worten zu erklären, was passiert ist, bleibt mir wohl nichts anderes übrig, als den Erguss zu kopieren und einzufügen, den Du gestern Vormittag gegen 11:30 Uhr (MEZ) erhalten hättest – wärst Du mit der Welt vernetzt.

* * *

HEY! MA MA MA MAXX!
Geile krate!!!
Kannste hellsehn? rat ma wo ihc grad herkomm???
Oooooooorgiiiiiiyeeeeeeaaaahhh!!!!
Ooops mejrk grad: gshcnitten!!!
Habs immer gesgat: Shceiss Umcshlag!!!!!
Überall Blt! Uach schon aufn Tatsne!!!

Abger shön!!! Igentlich shcön!!!!
Passzuu schuuuuuuuuuubert!
SCHUU-HU-HU-HUU-HU-HU-HUU-HU-HU-
BERT!!!!!!!!!
Schön!!!! So shönn!!!!! Ganzse zeit geweint
Endlich wieder komzert!!!!!!
Msiker auch superglücklihc
END LICH WIE DER – END LICH WIE DER –
EEEHEHENDLICH WIER ....
Freunde ganz iebe freudne vin mir
Toal gefreut tial gelacht tita gterunken
Bis ggeige eins irgendwann un cello auhc: parkfikcen!
Ich: jungs nne könntter vergssen!
Wir gehn wohin woalle mitkomm könn!
SCHWIIIIIIIIIMMBAAD!!!
OLYYYYMMMPIA!!!!!!
FTISHPRATY!!!!!!!!!
Geig zwo: ni ht so mien ding
Brasche: eh bravs nahc haus ...
Wie alos zu drit Taxi raus nahc elstal
Fahrer super fegreut endlich ma lange fagrt
Wie ri ankommen shcon viiiiiel wilds volks
Jungs mödels alles dazwishcne alles drüber alles durnter
Geilst e nackt des hajres!!!!
Erst shcubert unjezz Bässe
Harte bsse biss innne knochen

Xello und ggeige überall um jich rum
M di di di dididi dididi – trilliii dididi diiii ...
Un dann überal andre
Uzz uzz uzzz uzz – uzz uzz uzz uzz – uuuzuzuzuzuz ...
Und irndwann
Wassser? Dohc wasser?
Oder schwbee ienfach so?
Alls egal
E alls ....

* * *

Ich habe gerade versucht, mein Gestammel durchzulesen ... Himmel, Himmel, Himmel ... Oder besser: Hölle, Hölle, Hölle ...

Na ja. Wenigstens weiß ich jetzt, dass ich meine Reportage über das »Berliner Nachtleben in Zeiten der Lockdown-Lockerungen« in die Tonne trete. Das ist mir alles zu blöd. Zu abgeschmackt. Ganz gleich, in was für auratischen Ruinen wir uns tummeln und uns dabei einbilden, wir würden die moralfreien Räume ebenso abgründig elegant durchgleiten wie Marlene Dietrich anno 1948 im Glitzerkleid, wir sind und bleiben ein Haufen verwahrloster Wohlstandsgören.

Vermutlich lag mein zugedröhntes Ich gar nicht mal ganz falsch, als es gestern Vormittag meinte, von der »geilsten Nacht des Jahres« zurück zu sein. Mein ausgenüchtertes Ich hat allerdings noch immer gewaltig Katzenjammer. Und das nicht nur wegen der anstehenden Testerei.

Meine beiden rührend besorgten Musikerfreunde haben mich gestern am späten Nachmittag angerufen, um mich zum Arzt ihres Vertrauens zu schicken. Sie meinten, ich solle mir vorsichtshalber die »Pille danach« für schwule Jungs geben lassen, und zwar presto. Da draußen ist ja nicht bloß die eine Seuche unterwegs ... Wenigstens war der Arzt extrem nett. Mein Hausarzt hätte vermutlich einen Herzinfarkt bekommen, hätte ich ihm erzählt, was passiert ist. Oder er hätte mich potenziell multiple Viren-und-Bazillen-Schleuder sofort aus seiner Praxis gescheucht.

Dr. Kersten hingegen schien es eher amüsant zu finden, dass eine stinknormale Hetera mit Problemen zu ihm kommt, die sonst allenfalls eine Hetäre hat. (Du siehst: Kalauer gehen schon wieder.) Und der Mann ist kein Panikvogel. Auch wichtig. Gegen die krasseste der einschlägigen Orgienseuchen müsste ich jetzt eigentlich geschützt sein. Ob ich mir darüber hinaus einen der Klassiker eingefangen habe, wird sich zeigen. Aber selbst wenn. Wir leben ja nicht mehr zu Schuberts Zeiten. Oder zu Nietzsches. (Wenn wirklich alle Stricke reißen, falle ich in ein paar Jahren halt auch einem Straßengaul um den Hals.) Und was die Seuche der Stunde angeht: Ob ich mich an dieser Front als würdige Muttertochter erweise, lässt sich ebenfalls erst in ein paar Tagen sinnvollerweise testen. Bis dahin heißt es: brav zu Hause bleiben und Füße still halten.

Aber das kann ich gut machen. Ich muss mir eh mal wieder ein paar Tage freinehmen. Seit Mitte April sind wir ja alle offiziell in »Kurzarbeit«. (So nennt sich das, obwohl es in der Redaktion so viel zu tun gibt, wie ich es noch nie erlebt habe.) Um ihre – schon vor der Seuche nicht sehr rosigen – Bilanzen zu retten, zahlt die Zeitung uns etwas weniger Gehalt, dafür sollen wir (theoretisch) entsprechend weniger arbeiten. Der Clou: Den größten Teil der fehlenden Gehaltsknete packt Mutti Staat obendrauf, als eine Art Prämie fürs Brav-zu-Hause-Bleiben. Ist für alle Beteiligten ein fantastischer Deal.

Falls Du jetzt einwenden willst: Moment! Aber für Mutti Staat ist das doch ganz und gar kein fantastischer Deal! – kann ich nur sagen: O doch! Mutti Staat hat eine solche Angst, ihr aufgeseuchtes Völkchen könne doch noch auf die Barrikaden gehen, dass sie vorsichtshalber aus allen Geldkanonen schießt. Oder wie es unser notorischer Klartextchef auf den Punkt gebracht hat: Sie versuchen, uns mit unserem eigenen Geld zu bestechen.

Die meisten Kollegen, habe ich den Eindruck, finden dieses neue Seuchen-, Kurzarbeits-, Homeoffice-Idyll hingegen einfach nur toll. Sie feiern gerade einen Essay, der bei uns in der »Kultur« erschienen ist. Darin rhapsodiert eine – naturgemäß ebenfalls auf irgendeiner festen Angestellten- oder gar Beamtenstelle hockende – Uni-Soziologin, welche Chancen der »Entschleunigung« und »Besinnung aufs Eigentliche« die Seuchenzeit uns allen doch biete. So könnten wir uns endlich mit unseren Kindern gemeinsam der Gartenarbeit hingeben. (»Welch befreiendes Glück für ein Kind, wenn es sich eigenhändig gepflanzte, eigenhändig geerntete Tomaten aufs Brot schneiden darf, anstatt alles wie bislang gedankenlos in Ketchup zu ertränken!«) Schlimm böse hingegen findet Madame Rousseau-Marx, dass die Umsätze im Online-Warenhandel seit dem Frühjahr eine ähnlich steile Wachstumskurve hinlegen, wie es die Infektionszahlen im März getan haben – sich im Gegensatz zu diesen allerdings so gar nicht drücken lassen wollen. (»Wir haben gezeigt, dass wir ein Virus in den Griff bekommen können. Es wäre doch gelacht, wenn uns dasselbe jetzt nicht auch mit unserer Konsumwut gelingen würde!«) Ich frage mich, was der überarbeitete Paketbote, die ruinierte Gastwirtin oder eben auch diejenigen von Mutters Schauspielern denken, die weder zu den »Stars« gehören noch eine feste Ensembleanstellung haben, wenn sie einen derartigen Schmonzes lesen. Klar: Ein bisschen was aus der Steuergeldkanone gibt es auch für sie, aber das ist kein Vergleich mit dem Segen, der auf den Festangestellten/Verbeamteten niedergeht. Ehrlicherweise sollte man den neu geschaffenen Begriff der »Soloselbstständigen« mit »Allein-im-Regen-stehen-Gelassenen« übersetzen.

Vergangene Woche hat mich Laszlo angerufen, Mutters Assistent: Es sieht so aus, als ob eine der Schauspielerinnen versucht hätte, sich umzubringen. Sie war wohl immer schon »gefährdet«, aber die Erfahrung, lockdownhalber erst mehr oder minder bankrott zu gehen und jetzt, in der Phase der »vorsichtigen Lockerungen«, einzig »auf Abstand« spielen zu dürfen, hat sie wohl endgültig abstürzen lassen.

Ich frage mich: Wem außer ein paar ökonomisch gut versorgten Ökojakobinern ist mit einem essayistischen Oszillat zwischen »Gartenlaube« und »Kapital« geholfen? Aber vielleicht sind die gut versorgten Ökojakobiner ja die neuen »Stützen der Gesellschaft«.

Ach, Max! Ich fürchte, ich habe den Faden verloren.

Eigentlich wollte ich Dir, wollte ich mir, ja bloß Rechenschaft ablegen, warum ich meinen Artikel übers Berliner Nachtleben begrabe. Klar hätte ich daraus eine prima Vanitas-Geschichte machen können.

Carpe diem! Beziehungsweise: *Carpe noctem!* Wenn der Knochenmann eh schon die Sanduhr hochhält, sollten wir's da nicht lieber nochmals richtig krachen lassen?

Aber mir kommt das alles so hohl vor. So *falsch* dekadent. Zumindest in dieser Stadt. Da zelebrieren wir auf Teufel komm raus »Babylon Berlin«, fühlen uns in den Kulissen der nächtlichen Schwimmhallenruine mit ihrem ausgelassenen, malerisch vor sich hin bröckelnden Becken extra wild, weil wir natürlich alle wissen, dass das alte Olympiadorf ein böser Ort ist, ein Nazi-Ort. Der Ort, an dem Leni Riefenstahl ihre feuchten Herrenfrauenträume von Rudeln schwitzender Männerleiber ausgelebt hat. Und wenn irgendwo in Deutschland der nächste rechtsradikale Anschlag geschieht, brüllen wir: »Wehret den Anfängen!«, »Nie wieder!«, »Nazis raus!« Das ist doch alles schizophren. Und ich frage mich, wie »gefährdet« ich mittlerweile eigentlich bin, wenn ich mich auf solche Schizoscheiße einlasse.

Andererseits: Bei meinen Recherchen übers alte Olympiadorf habe ich nicht nur herausgefunden, dass dessen erster Kommandant, ein strammer Wehrmachts-Nazi, der kurz vor den eigentlichen Spielen degradiert wurde, weil plötzlich Zweifel an seiner »arischen Abstammung« aufkamen, sich kurz nach den Spielen erschossen hat. Ich habe ebenfalls herausgefunden, dass in einem anderen Teil des weitläufig-waldigen Geländes, rund um das ehemalige »Speisehaus der Nationen«, seit ein paar Jahren munter gebaut wird, weil dort als »nationales Premiumprojekt des Städtebaus« die lebens- und liebenswerte »G.O.L.D. Gartenstadt Olympisches Dorf von 1936®« entsteht. Und dass der zuständige Gemeindebürgermeister anlässlich des ersten Neu-Spatenstichs erklärt haben soll, von nun an möge die »positive Story« der Olympischen Spiele von 1936 im Vordergrund stehen. Falls der Herr Bürgermeister das wirklich so gesagt hat, ist es natürlich mindestens so obszön wie unser Tanz im leeren Nazi-Bassin.

Max, verzeih, ich langweile Dich mit lauter Zeug, das Dich vermutlich gar nicht interessiert.

Aber vielleicht ist in diesen verkorksten Zeiten ein verkorkstes Lebenszeichen immer noch besser als gar keins?

In diesem Sinne:

Verkorkste Grüße
von Deiner verkorksten Johanna

25. Juni

Liebes Max,

da unser kleines Existenzialexperiment offensichtlich darauf hinauslaufen soll, dass es mir gelingt, mich an den eigenen Haaren aus der Trostlosigkeit zu ziehen, habe ich mir einen Hausaltar mit Deinen Postkarten und zwei Mutterfotos gebaut.

Leider muss ich sagen: Dein flotter Vanitas-Dreier hilft mir am wenigsten. Den habe ich (plus x?) ja nun hinter mir. Mit Nikotin und Alkohol bin ich übrigens auch durch.

Allerdings ist »Der letzte Tropfen« in der Tat ein ziemlich putziges Gemälde. Kannte ich ebenso wenig wie die Malerin. Ich habe ein bisschen über sie recherchiert, scheint ein ziemlich lustiger Vogel gewesen zu sein, diese Judith Leyster: das achte Kind eines Haarlemer Bierbrauers; eine von überhaupt nur zwei Malerinnen, die im ganzen 17. Jahrhundert in die dortige Malerzunft aufgenommen worden sind; hat im zarten Alter von 24 ihre eigene Werkstatt geschmissen und den großen Frans Hals verklagt, weil er ihr einen Assistenten abgeworben hat; hat offenbar am liebsten feiernde, musizierende, raufende Gesellen gemalt; mit 27 geheiratet, ab dann unter dem Pinsel ihres Mannes gestanden; Karriere futsch; jahrhundertelang vergessen, hinter gefälschten Frans-Hals-Signaturen verschwunden. Ob meine Mutter dieser Judith Leyster bei ihren Tingeleien durch Europas Museen begegnet ist? Ich bin mir ziemlich sicher, sie hätte sie gemocht.

Vielleicht schreibe ich einen Artikel über sie und die Lebenslust, die sich in ihren Gemälden ausdrückt. Das scheint mir in jedem Fall angemessener, als mich doch noch zu der Geschichte über meine Mutter als »Role Model für Frauen in der Filmwirtschaft« hinreißen zu lassen, mit der meine Redaktion mich seit Wochen nervt.

Ja: Meine Mutter ist in den späten Fünfzigern mit der Vespa ganz allein bis nach Sizilien gefahren. (Eins der beiden Fotos auf meinem Altar zeigt sie, wie sie irgendwo an der Amalfitana haltmacht, sich an ein Geländer lehnt und sehnsüchtig nach Capri rüberschaut. Ich mag das Bild so gern, weil sie darauf Feuerbachs »Iphigenie« zum Verwechseln ähnlich sieht.) Ja: Sie hat Paul Steinbergs Agentur in den späten Sechzigern übernommen und bravourös weitergeführt. Aber ihr Verhältnis zu dem Alten, den ich selbst leider nicht mehr kennengelernt habe, muss ziemlich komplex gewesen sein: Einerseits hat der Mann meine Mutter wohl konsequent gefördert. Bevor sie zu ihm in die Agentur kam, war sie an diversen Theatern so eine

Art Mädchen für alles gewesen. Andererseits war sie ihm, glaube ich, hörig. Wenn er gerufen hat: »Kind, ich brauche dich!«, soll sie nachts um drei aus dem Bett gesprungen sein. Vaterersatz. Deutscher Schuldkomplex. Was weiß ich. Jedenfalls viel zu ambivalent, um daraus eine schlichte Erfolgsgeschichte im Stil von »Taffe Frau geht ihren Weg« zu stricken.

Außerdem hätte meine Mutter nicht gewollt, dass ich ihr Leben ins Rampenlicht zerre. Das zweite Bild auf meinem Altar habe ich aus München mitgebracht. Der – allerdings sehr edle – Schwarz-Weiß-Schnappschuss war das einzige Foto von sich, das sie in der Wohnung aufgehängt hatte: irgendein Empfang in Venedig; ein Film, der ohne sie niemals zustande gekommen wäre, hat den Goldenen Löwen gewonnen; das Ensemble, das ausschließlich aus »ihren« Schauspielern besteht, sortiert sich gerade für ein Gruppenbild; Theo tritt einen Schritt aus der Gruppe heraus, um Mutter, die abseits steht, mit ins Bild zu locken; die lächelnde Handbewegung, mit der sie ihn abweist: erschütternd royal!

Nein: Mutter hätte nicht gewollt, dass ich in der Zeitung über sie schreibe. Na ja. Eigentlich müsste die »Story« mittlerweile ohnehin »durch« sein.

Du sihst / wohin du sihst nur Eitelkeit auff Erden.
Was diser heute baut / reist jener morgen ein:
Wo itzund Städte stehn / wird eine Wisen seyn /
Auff der ein Schäfers-Kind wird spilen mit den Herden …

Ich weiß nicht. Ich weiß nicht.

Einem Gryphius glaube ich das Vanitas-Gefühl, schließlich hat er das Grauen des Dreißigjährigen Krieges am eigenen Leib erlebt. Ich glaube es sogar einer lustigen Haarlemer Bierbrauerstochter, die sich eben auf ihre Weise mit den Schrecken jener Zeit herumschlagen musste. Aber uns Heutigen, Rundumgepamperten? Verkommt bei uns nicht jegliches Vanitas-Zitat zur Koketterie? Und gehört die Koketterie mit der Vergeblichkeit nicht zum Allervergeblichsten?

* * *

Lieber Max, ich habe mir vorhin, während ich brav mein Ingwer-Zitronen-Gebräu geschlürft habe, Deine Sokrates-Karte nochmals angeschaut. Gewissermaßen mit frischem, unverstelltem Blick. Und plötzlich hat sich mir ein mögliches Fenster zum Trost aufgetan! Ich glaube, ich kapiere jetzt, was ich falsch gemacht habe: Ich muss den verhirnten Quark vergessen! Einfach nur das Bild betrachten. Die Szene betreten. Wenn ich das tue, erkenne ich: Selbst Sokrates, der behauptet, sein windiges Unsterblichkeitsgerüst biete ihm Halt und Trost genug, flieht in seinen letzten irdischen Nächten in die Musik.

Erinnerst Du Dich an die Leier, die fast verschämt hinter ihm liegt, auf dem Bett? Die hat ihm zwar Jacques-Louis David spendiert, aber selbst der alte Kunstknauser Platon gönnt Sokrates im Kerker eine Traumstimme, die ihn mit schöner Regelmäßigkeit ermahnt: »O Sokrates, mach und treibe Musik!« Ich glaube, *das* ist die eigentliche Botschaft: Dieser Kopffüßler mit seinem »monströsen defectus der künstlerisch-mystischen Begabung« (Diagnose Dr. Nietzsche) bekehrt sich auf seinen letzten Lebensmetern zur Musik, singt sich selbst das finale Wiegenlied!

Ich will meinen Absturz vom vergangenen Sonntag nicht »rationalisieren« oder gar zu einer sokratischen Sterbeszenerie hinaufdramatisieren. (Ich fürchte, es war eher eine Travestie.) Trotzdem: Würde ich anfangen, eine Trostliste anzulegen, müsste Musik ganz oben stehen. Das Konzert mit den Schubert-Streichquartetten *war* das Schönste, was ich seit Ausbruch dieser verdammten Seuche, seit meiner plötzlichen Entmutterung, seit der Lebensverstümmelung unterm kategorischen Imperativ der Seuchenbekämpfung, erlebt habe.

Aber *warum* kann Musik so tröstlich sein? Wahrscheinlich gestatten wir unseren (gestatte ich meinen) Gefühlen nur noch dort, in Tonlagen vorzudringen, die in unserem (meinem) Alltag – unabhängig von der Seuche – als viel zu extrem, viel zu unkontrolliert gelten. Vor Zorn heulen, in Trauer zerfließen, vor Freude jubeln? Letzteres mochte – vor der Seuche – noch bei einschlägigen Sportereignissen angegangen sein, aber auf Trauer und Zorn halten wir doch seit Langem schon den Deckel drauf: Therapie plus Psychopharmaka = Ruhe im Topf. Ist's ein Wunder, dass der Wutbürger, den die Seuche wochenlang in seinen heimisch-(un)heimlichen vier Wänden gehalten hat – weil er eben auch ein Angstbürger ist –, sich allmählich wieder hervorwagt und, wenn die Zeichen nicht trügen, auf unseren Straßen greller krakeelen wird denn je? (Es macht mich rat- und fassungslos, dass aller Protest gegen die Seuchenpolitik von Spinnervolk auszugehen scheint. Reichsbürger, Impfgegner, Neo-Nazis, Esotanten, Veganköche, Verschwörungsdeppen, Aluhütchenträger – der Haufe, der beginnt, sich da draußen zusammenzurotten, könnte einem Hieronymus-Bosch-Gemälde entsprungen sein.)

Aber zurück zur Musik! Irgendetwas sagt mir, dass

der Trost durch Musik nicht nur damit zu tun hat, dass sie den Gefühlsknoten löst, der uns allen die Luft abschnürt. Vielleicht vermag sie uns in einem viel tieferen Sinne zu trösten, weil sie zugleich ist und nicht ist? Weil sie das schroffe »Sein oder Nichtsein« zu einem verbindlichen »Sowohl als auch« lindert? Als Partitur, als Instrument, als Schallplatte, ja vielleicht sogar als digitaler Track *ist* sie. Auch als Klang besteht sie immer noch aus Schallwellen, ist also immer noch *etwas*. Aber das *Eigentliche* an ihr hat mit dem Reich der Physik nichts mehr zu tun, ist schiere Metaphysik: verklingen, verschweben und trotzdem nicht ganz verschwunden sein. Was, wenn sich die Seele zu unserer physischen Existenz so verhielte wie das Eigentliche an der Musik zur Partitur, zum Instrument, zum Speichermedium? Wenn das Eigentliche am Menschen eben nicht seine physische Existenz, seine leibliche Gegenwart wäre, sondern der Hall, der Nachhall, den er erzeugt?

Falls ich mich richtig erinnere, versucht allerdings einer von Sokrates' Jüngern, genau dies als Argument *gegen* die »Unsterblichkeit der Seele« anzuführen: Wenn die Seele so etwas ist wie die Klänge, die einer Leier entlockt werden können, vergeht dann nicht auch die Seele mit dem Leib – so wie einer zerbrochenen Leier keine Klänge mehr zu entlocken sind? Alles, was bleibt, ist die Erinnerung an einen Klang, der nicht neu erweckt werden kann und deshalb nach und nach verhallt?

Schluss damit. (Und *note to myself*: Im Hirnregister enden alle Arien auf dem tiefen Ernüchterungs-»a« ...)

* * *

Nein, ich bin *nicht* rauchen gewesen, sondern habe lediglich versucht, meinen Kopf dumm zu bekommen (vulgo: »Yoga«). Vielleicht ist es mir sogar gelungen. Denn auf einmal sehe ich, was mir als *Allererstes* hätte ins Auge springen müssen, hätte ich das Sokrates-Bild bloß nicht so verhirnt betrachtet: Der Mann ist nicht allein! Trost durch Gesellschaft! Es ist ja fast schon ein Wimmelbild, das Jacques-Louis David da gemalt hat. Da steigt eine regelrechte Abschiedsparty!

Jetzt habe ich gerade nochmals zum »Phaidon« gegriffen. Echekrates, der Sokrates' Sterbesause leider verpasst hat, fragt: »Welche von seinen Vertrauten waren bei dem Manne? Oder ließ die Behörde sie nicht zu ihm [sic!!!], und er starb ohne Beisein von Freunden?« Und Phaidon antwortet: »Keineswegs, sondern es waren von ihnen, und zwar ziemlich viele, zugegen.«

* * *

Sorry, Max! Aber diese Stelle hat mich gerade ziemlich heftig erwischt.

Teufel!!! Da verurteilt die scheiß attische Demokratie Sokrates zum Tod, aber sie GESTATTET, dass bei seinem Sterben Freunde, UND ZWAR ZIEMLICH VIELE, dabei sein dürfen!

Ja, ja, ja, ICH WEISS! Der Mann hatte keine hochansteckende Krankheit. Obwohl – war nicht eben dies die Begründung der attischen Richter gewesen: Sokrates würde mit seinen Gedanken die Jugend *infizieren*?

Scheiße.

Lieber Max, ich bringe diesen Brief jetzt, so wie es ist, zum Briefkasten, muss mich erst mal ein bisschen sortieren...

Alles Liebe, Deine Johanna

26. Juni

Liebes Max!

So. Ich hoffe, dass ich heute in einer Gemütsverfassung bin, die mich befähigt, einen Brief zu schreiben, der Dir Deiner würdig erscheint. (Sokrates hat ja jeden, der an seinem Sterbebett nur heulen und klagen wollte, rausgeschmissen, allen voran natürlich Xanthippe ...)

Dennoch: Der grausame Kontrast zwischen dem Sterben des Atheners und dem Sterben meiner Mutter bleibt. Auf der einen Seite: das Sterben als feierliches Ritual, begleitet von einer großen Schar Jünger, deren Stimmung »aus Lust zugleich und Betrübnis zusammengemischt« gewesen sei (wie Phaidon sich auszudrücken beliebt); ein Todgeweihter, der seine letzten irdischen Stunden *exakt* mit den Tätigkeiten verbringen darf, denen er stets am liebsten nachgegangen ist: mit Diskutieren und Philosophieren. (Ob Sokrates mit seinen Jüngern auch das andere nochmals getan hat, was er sonst so gern mit ihnen tat, darüber schweigen sich sowohl Phaidon als auch Monsieur David diskret aus. Also will auch ich es mir verkneifen. Übrigens: Ich war vorhin nochmals beim netten Dr. Kersten: Mein erster Seuchenabstrich ist jetzt im Labor. Allerdings hieß es gleich: Übers Wochenende kriegen wir garantiert kein Ergebnis.)

Auf der anderen Seite das Bild meiner sterbenden Mutter: einsam; geschändet mit Nadeln, Kanülen und Schläuchen; auf ihrem Sterbebett keine Leier, aus deren Saiten sich noch hätte Trost zupfen lassen; stattdessen das synthetische Piepen und mechanische Schnaufen der Maschinen, die ihren müden Leib zwangen, so zu tun, als wäre noch Lebenskraft in ihm; die einzigen Gestalten, die hin und wieder um sie herumgehuscht sein mochten: gesichtslose Fremde, Vermummte, Lemuren, von Kopf bis Fuß in Plastik verpackt.

Vergangene Nacht habe ich versucht, im Netz ein Video zu finden, das mir zeigt, was geschieht, wenn ein Mensch an einer Beatmungsmaschine hängt. Ich konnte es mir nicht anschauen. Konnte mir nicht anhören, wie ein jovialer Chefarzt in OP-Saal-Grün die Vorzüge seiner Apparatur anpreist; wie er versucht, dem Zuschauer weiszumachen, er sei Gott, wo er in Wahrheit doch nur ein Ingenieur aus dem Maschinenraum der Hölle ist ...

Jäher Gedanke! Hätte meine Mutter, anstatt die »112« zu wählen, *mich* anrufen sollen und sagen: Liebes, es tut mir leid, ich habe mir in Italien diesen Scheiß eingefangen, vor dem du mich gewarnt hast, ich bekomme immer schlechter Luft, ich habe Angst, dass ich das hier nicht überlebe, ich habe Angst, viehisch zu ersticken, komm auf dem schnellsten Weg zu mir, sorg dafür, dass ein Arzt mitkommt, der weiß, welchen Cocktail er mir geben, was er mir spritzen muss, wenn ich es gar nicht mehr aushalte, sag Laszlo, Pamela, Theo und dem Rest meiner kleinen Schar, dass sie, wenn sie mich lieben und keine allzu große Angst haben, sich selber anzustecken, ebenfalls zu mir kommen sollen, damit ich sie alle nochmals sehen, alle nochmals in meine Arme schließen kann, und wer weiß – vielleicht reicht's ja noch für einen gemeinsamen Gin Tonic und eine allerletzte Zigarette mit euch ...

Was hätte *ich* getan, wenn ich – statt des Anrufs von Laszlo, dass meine Mutter im Rettungswagen liegt – einen solchen Anruf von ihr bekommen hätte? Hätte ich nicht gesagt: Mama, du bist ja wahnsinnig, schau, dass du schleunigst ins Krankenhaus kommst?! Und zwar in eins mit gescheiter Lungenintensivstation!

Ja. So hätte ich im April reagiert.

Extremfrage: Würde ich nach allem, was ich seither erlebt habe, immer noch so reagieren? Was mache *ich*, wenn der nette Dr. Kersten mich am Montag anruft, um mir mitzuteilen, dass der erste von meinen Seuchentests schon mal positiv ist? Horche ich nicht jetzt schon wie eine Bekloppte in mich hinein, ob da nicht ein leises Rasseln in meiner Lunge oder ein leichtes Stechen im Unterleib zu ahnen sein könnte?

Herrgott noch mal, Johanna! Reiß dich zusammen!!! – – – Es reicht, dass dein Vater ein Hypochonder gewesen ist! Jetzt mach mir nicht auch du noch das Leben schwer, indem du mich bei jedem bisschen Fieber fragst: Mama, muss ich sterben? Im Übrigen geht es gerade nicht um dich, meine liebe Tochter, ICH bin gestorben.

Ja, Mama. Das weiß ich.

Na, also. Was hättest du mir eigentlich noch Großartiges sagen wollen, wenn ich nicht den Rettungswagen, sondern dich gerufen hätte?

Ich weiß gar nicht, ob ich dir noch etwas *Großartiges* hätte sagen wollen. Ich hätte dich einfach nochmals sehen wollen. Bei dir sein wollen. Dich halten wollen, wenn du – hinübergehst.

Papperlapapp. *Hinübergehst!* Ich wollte nicht *hinübergehen*! Ich wollte den Scheiß überleben!

Hast du aber nicht.

– – –

Mama?

Ja.

Darf ich dich etwas fragen?

Seit wann verbiete ich meiner Tochter, mich etwas zu fragen?

Hast du, als du trotz meiner Warnung nach Italien gefahren und dortgeblieben bist – war dir da *wirklich* klar, dass du deshalb sterben könntest? Warst du *wirklich* bereit dazu? Ich frage dich, weil ich neulich im Netz auf die Videobotschaft von so einem Einfaltspinsel aus Florida gestoßen bin. Er und seine Frau haben die Seuche für eine Medienerfindung gehalten, bis seine Frau an der Seuche gestorben ist. In dem Clip hockt der Simpel allein auf seinem caramelbraunen Sofa und greint in seine Handykamera, wie sehr er es bereue, die Seuche nicht früher ernst genommen zu haben. Mama, bitte sag mir, dass du im Krankenhaus nicht auch zu solch einer tragischen Jammergestalt geworden bist! Sag mir, dass du dir wenigstens diese Hölle der Unwürdigkeit erspart hast! Sag mir – – –

* * *

Max, verzeih. Es ist schon wieder mit mir durchgegangen. Aber diese Frage *martert* mich. Ist es meiner Mutter mit dem sprichwörtlichen »Live Free or Die«, das in Amerika gerade von armseligen Realitätsverleugnern zu Tode geritten wird, tatsächlich *todernst* gewesen? Oder war auch sie eine von jenen Pseudomutigen, deren vermeintliche Todesverachtung sich darin erschöpft, tödliche Gefahren zu ignorieren?

Und noch eine andere Frage bringt mich um den Verstand: Hätte ich meiner Mutter, gesetzt den Fall, man hätte mich im Krankenhaus noch zu ihr gelassen, gesetzt den Fall, sie wäre noch bei Bewusstsein gewesen – hätte ich ihr überhaupt TROST sein können? Was hätte ich ihr sagen sollen, wenn ich in ihre, wie es in der Sterbeszene von Zolas Madame Chanteau heißt, »klugen, vom Entsetzen erweiterten Augen« geschaut hätte?

Etta, du musst jetzt tapfer sein, einen Schritt noch, mach ihn nur, brav, und sieh, schon kommt das große Nichts?

Hätte ich – als aufrechte Muttertochter! – sie in ihrer Wut gegens Sterbenmüssen nicht noch bestärkt?

Komm, Etta, zeig's dem alten Knochenwichser! Tritt ihm mit aller Kraft ins morsche Gebälk!!!

Als ob das Ende einer Madame Chanteau nicht *noch* makabrer würde, wenn diejenige, die bei ihr ist, eine zweite Furie gegen den Tod wäre!

Oder komme ich über den Skandal, dass man mir den Zutritt zum Sterbebett meiner Mutter verwehrt hat, deshalb nicht hinweg, weil ich ahne, dass man *mich* der tiefstmöglichen Erfahrungs-, ja Veränderungsmöglichkeit im Leben beraubt hat? Hofft etwas in mir, dass die Sätze, die ich hier, auf dem Trockenen, kaum zu *denken* wage, an den Gestaden des Todes in sanften, kleinen Wellen aus mir herausgeplätschert wären: Mama, lass gut sein ... es ist nicht so schlimm ... du darfst loslassen ... bring diesen sinnlosen Kampf hinter dich ... ich bleibe bei dir ... und wenn du's überstanden hast, fahren wir beide zusammen nach Italien ... so wie früher ... dann essen wir Berge von Spaghetti, trinken den Grappa flaschenweise und springen anschließend noch ins Meer ... versprochen ... wenn du es möchtest, dürfen auch alle deine Schäfchen mitkommen ... ich will versuchen, nicht eifersüchtig zu sein ... in Wahrheit mag ich sie ja auch ... na ja ... zumindest die meisten ... Mama? ... Mama? ... Bist du noch da ...?

* * *

Eijeijei, Max! Du hast keine Freude mit mir.

»Da halten Sie so ein kluges Referat, und dann stellen Sie so eine dumme Frage ...«

Erinnerst Du Dich noch? Wie Du Dich im ersten oder zweiten Semester im überfüllten Seminarraum vor mich hingestellt, mich – ausnahmsweise einmal nicht spöttisch, sondern aufrichtig – betrübt angeschaut und mir diesen Satz hingeseufzt hast? Habe ich Dir jemals erzählt, dass dies der Moment gewesen ist, in dem ich endgültig gewusst habe: Bei *dem* Mann will ich studieren, bei *dem* und keinem anderen will ich lernen ...

Mal sehen, ob es mir heute Nacht noch gelingt, auf Deiner Achtungsskala wenigstens wieder ein paar Zentimeter zu steigen.

Ich fange an zu ahnen, dass es lächerlich ist, wenn mein ohnehin flächendeckend verwurzelter Schmerz meint, er müsste zusätzlich eine Pfahlwurzel in den Umstand hineintreiben, dass meine Mutter *einsam* gestorben ist. Nein: nicht *lächerlich* – *eitel* ist es.

Was für eine Anmaßung zu glauben, ich hätte meiner Mutter das Sterben erleichtern können! Bleibt der Sterbeweg nicht immer und überall der einsamste Weg? Und je mehr Menschen sich um einen herum tummeln, desto *einsamer* wird er? Weil sie alle weiterleben dürfen und nur man selbst sterben muss?

Die einzige Lösung wäre: Liebestod. Tristan und Isolde. Heinrich von Kleist und Henriette Vogel. Stefan und Lotte Zweig. Sind sie nicht die Einzigen, denen es gelungen ist, die Einsamkeit des Sterbens zu besiegen?

Beste Johanna! Was fällt uns an deiner kleinen Liste der Liebestödler auf? Richtig! Es sind nirgends Mutter und Tochter dabei! Mütter und Töchter sterben keine Liebestode! Mütter bringen ihre Kinder um (Medea), Töchter wollen ihre Mütter umbringen (Elektra), aber nicht gemeinsam »ertrinken – – versinken – – unbewusst – – höchste Lust!« Dieser Gedanke ist abartig!

Ich weiß schon, dass es Fälle gibt, in denen Mütter ihre Kinder mit in den Tod nehmen. »Erweiterten Suizid« nennt das die Amtssprache, wenn mich nicht alles täuscht. Aber das ist doch etwas völlig anderes! Und komm mir bloß nicht mit dem superpfiffig-feministischen Argument, beim Liebestod à la Tristan und Isolde würde es sich in Wahrheit ebenso um einen »erweiterten Suizid« handeln. Und zwar um eine besonders perfide Form! (*Du* kommst mir damit nicht, das weiß ich. Aber die Jakobiner*innen in meiner Redaktion kämen mir damit.)

Noch so eine Extremfrage: Wie hätte meine Mutter reagiert, wenn ich ihr ins ersterbende Ohr geflüstert hätte: Mama, ich lasse dich nicht allein, ich komme mit ...

Hätte sie mich lächelnd bei der Hand gefasst und mein Liebesopfer angenommen? Oder hätte sie mir mit allerletzter Kraft eine Allerletzte runtergehauen?

Eigentlich bin ich ziemlich sicher: letzteres. Auch wenn meine Mutter das paradoxe Kunststück hingekriegt hat, eine vereinnahmende Rabenmutter zu sein – ich glaube, sie hätte auf die Frage, was das größte Unglück für sie wäre, dennoch die Eltern-Standardantwort gegeben: »Wenn mein Kind vor mir stürbe.«

Vielleicht ist das sogar ihr *einziger* Trost gewesen: zu wissen, dass sie nicht spurlos geht. Dass etwas von ihr bleibt. Ich. Ihre Agentur. Ihre kleine Schar. (Reihenfolge unklar.)

Aber vielleicht steckte in meiner Mutter doch zu viel Simone de Beauvoir. Die bekennende »Todfeindin« – um Canettis Begriff auch auf sie anzuwenden – wollte sich mitnichten von dem Gedanken trösten lassen, ihr Werk könne unsterblich sein. (Beziehungsweise weibliche Bescheidenheit: Ihr Werk könne sie um ein Vielfaches überdauern.) Ebenso wenig wie Susan Sontag.

Ich habe »Tod einer Untröstlichen«, das Buch, das Susan Sontags Sohn über das Sterben seiner Mutter geschrieben hat, jetzt zum ersten Mal wirklich gelesen. Es ist erschütternd. Die kritische Großdenkerin, die Verächterin jeglichen »Opiums fürs Volk«, hat ihren Sohn gezwungen, sich zum »Komplizen der Illusion« zu machen, wie er es nennt; hat ihr gesamtes Umfeld dazu gebracht, sie in dem Irrglauben zu unterstützen, sie werde auch ihren dritten Kampf gegen den Krebs gewinnen, obwohl allen (und vermutlich sogar Susan Sontag selbst) klar gewesen sein dürfte: Das Gegenteil ist der Fall.

Hätte meine Mutter – wäre sie nicht vom künstlichen Tiefschlaf direkt in den Tod hinübergegangen –, hätte meine Mutter mich und die anderen ebenfalls gezwungen, uns zu »Komplizen der Illusion« zu machen? Und wie hätte ich mich verhalten? Hätte ich – so wie Simone de Beauvoir, als deren Mutter im Sterben lag – sofort und bestimmt gewusst: Der einzige Trost, den ich spenden kann, besteht darin, der Sterbenden vorzugaukeln, alles werde wieder gut? Beauvoir hat ihrer sterbenden Mutter weisgemacht, sie liege einzig und allein wegen einer – erfolgreich operierten – Bauchfellentzündung im Krankenhaus. Deshalb konnte sie das Buch über den Tod ihrer Mutter auch »Ein sanfter Tod« nennen. Was für sie ja eigentlich ein undenkbarer oder allenfalls sarkastisch gemeinter Titel hätte sein dürfen.

Oder hätte ich wie Susan Sontags Sohn die Zuversichtskomödie mitgespielt, gequält von dem Wissen, dass es sich in Wahrheit um eine *gespenstische Totenbettkomödie* handelte?

Was fange ich mit der Erkenntnis an, dass zwei der klügsten Rationalistinnen/Materialistinnen des vergangenen Jahrhunderts sich im Angesicht des Todes in krasse Wirklichkeitsverdreherinnen und -leugnerinnen verwandelt, das Sterben gewissermaßen als »Fake News« diffamiert haben? Ist das der Preis, der für lebenslänglichen Rationalismus/Materialismus, für Religionsverachtung am Ende zu zahlen ist? Dass die

Komödie der Jenseitsverheißung durch die Farce ewigen Diesseitsversprechens ersetzt werden muss? Und wohin führt mich mein Verdacht, dass sich mit der Jenseitsverheißung wenigstens *eventuell* eine würdige Komödie aufführen ließe, während das ewige Diesseitsversprechen unweigerlich auf eine Farce hinausläuft?

Muss diejenige, die nicht anders als im Genre der Farce zu sterben weiß, nicht letztlich erkennen: Ich habe falsch gelebt? Oder besteht die Würde des Lebens gerade darin, um alles, was sich im Einzugsbereich des Todes abspielt, Mauern des Schweigens zu errichten, weshalb es nicht pervers ist, das Sterben zu überspielen, sondern die Mauern des Schweigens ein- oder gar niederreißen zu wollen?

Lieber Max, da draußen wird es schon wieder hell. Und ich habe schon wieder ein (möglicherweise) kluges Referat gehalten, um anschließend lauter dumme Fragen zu stellen ...

Herzlichst,
Deine unbelehrbare
Johanna

3. Juli

Lieber Max,

die Frage, ob es perverser ist, mit dem Tod zu tanzen oder sich ein großes Schild mit »Tod, bleib mir vom Leib!« um den Hals zu hängen, lässt mir keine Ruhe. Ich komme mir vor wie ein herren- und obdachlos gewordener Hund, der ratlos durch eine verfallende Stadt streunt. Jede Nacht kehrt er in die Straße zurück, in der einmal seine Hütte gestanden hat, obwohl er weiß, dass dort nichts mehr steht. Da hockt er dann und jault ins Leere.

Wem es gelungen ist, dem Tod einen *Sinn* abzuringen, dem mag es auch möglich sein, dessen unsichtbare Gegenwart in jedem Augenblick zu ertragen.

Wem es nicht gelingen will, dem Tod einen Sinn abzuringen, dem sollte es wenigstens gelingen, seine Augen vor der unsichtbaren Allgegenwart des Todes zu verschließen.

Wer den Tod für einen *sinnlosen* Skandal hält und sich Tag und Nacht dennoch mit nichts anderem befassen kann, ist ein tragischer Idiot.

Ich bin ein tragischer Idiot.

Bevor ich diesen Satz nicht nur in die Tasten haue, sondern in Stein meißeln lasse, will ich eine letzte

Anstrengung unternehmen, ob in dem Ödland, zu dem uns der Tod geworden ist, nicht doch noch zumindest halb bewohnbare Ruinen verlassener Sinngebäude zu finden sind.

Der Glaube an Elysium, an himmlische Wohnungen, an Paradiesgärten – passé. (Außer für die wenigen Träumer, deren Herzen unschuldig genug sind, noch immer Gott zu schauen, obwohl sie sich durch eine Welt bewegen, die sich ans Portal geschrieben hat: »Ihr, die ihr hier eintretet, lasset allen Zweifel an der menschlichen Allmacht fahren!«)

Wie sieht es mit dem Glauben aus, das höchste der Gefühle sei es, sein Leben für eine große Sache hinzugeben, den Heldentod zu sterben?

»Sie gaben ihr Leben für ihr Vaterland.«

»Sie starben im Kampf für die Freiheit.«

»Lieber wollte er unschuldig sterben, als Schuld auf sich zu laden, um weiterzuleben.«

»Das Leben ist der Güter höchstes nicht.«

Ich höre ihn kaum, den Chor, der diese Sätze flüstert. Deutlich aber höre ich das Gestöhn, Gelächter und Geschrei, mit dem der Chor unserer Zeitgenossen jenen Stimmen der Vergangenheit antwortet.

»Wo kommen wir denn da hin!«

»Ich bin doch nicht blöd!«

»Reaktionäre Spinnerei!«

»Nazi-Ideologie!«

Zu welchem der beiden Chöre gehöre ich? Sitze ich nicht auch da und jammere: Skandal! Skandal! Skandal! Ich will meine Mutter wiederhaben! Es macht mich rasend, dass sie für ein bisschen Dolce Vita und Zweisamkeit mit »Bacchus« ihr Leben gelassen hat!

Warum fällt es mir so schwer, in ihrer letzten Reise mehr als eine leichtfertige Dummheit zu sehen? Weil es geschmacklos wäre, einer Frau, der ihre Italien-Tingelei zum Verhängnis wurde, den heroischen Satz auf den Grabstein zu schreiben: »Sie starb im Kampf für die Freiheit«? (Tatsächlich soll auf Mutters Grabstein, wenn er denn irgendwann einmal fertig ist, stehen: »keiner weine / keiner sage: ich, so allein.« Das war ihr Lieblingsgedicht.)

Aber ist das paranoide Waschet-eure-Hände-haltet-Abstand-bedecket-eure-Münder-Kammerspiel, das wir seit Monaten aufführen und als Meisterstück an Solidarität und Vernunft feiern, in Wahrheit nicht noch geschmackloser? Was, wenn das unbeirrte Feiern der Freiheit, wie meine Mutter es getan hat – und ja, wie ich es mir in jener Nacht herausgenommen habe, in der die Muttergäule mit mir durchgegangen sind –, was, wenn solche Feiern doch der Heroismus wären, den wir heute bräuchten, um die Freiheit zu retten? Oder, falls unsere freiheitlich-individualistische Kultur nicht mehr zu retten ist, wäre es dann nicht ehrenwerter, wenigstens noch ein letztes, großes Fest zu feiern, den Hedonismus ins Heroische zu steigern, anstatt sich in vorauseilendem Angstgehorsam jener freudlos-zähen Massendisziplin zu unterwerfen, die wir uns seit Monaten antrainieren?

Wie kann es sein, dass dieselben Menschen, die panisch auseinanderstieben, wenn sie das Wort »Herdenimmunität« hören, davon träumen, dass der verheißene Impfstoff kommt, endlich die verheißenen »Impfzentren« eröffnet werden, in denen »bei Volllastbetrieb« Tausende pro Tag »durchgeimpft« werden können?

Was für ein Treppenwitz der Geschichte: Wir, die wir in unserem gesteigerten Individualismus kein Ideal mehr kennen außer dem, jedes Leben ad ultimo zu verlängern, wir mutieren zur blökenden Herde, weil wir uns vor dem Tod zu Tode fürchten. Wir kennen keinen anderen Sinn mehr außer demjenigen, selbst am Leben zu bleiben beziehungsweise andere am Leben zu erhalten. Je weniger Spurenelemente von Sinn dem Tod aber verbleiben, desto größer wird die Angst vor ihm. Und je größer die Angst vor dem Tod, desto größer die Bereitschaft, alles, was unseren Individualismus ausmacht, auf dem Altar der Lebenserhaltung zu opfern. Ergo: Ist unser Leben bedroht, zwingt uns unser Individualismus, unseren Individualismus preiszugeben.

Du wirst auf Deiner Insel jetzt vor Dich hin schmunzeln. Oder frei nach Adorno fragen: Bei welchem Menschen ist es denn nicht seit Langem schon eine Unverschämtheit, wenn er Ich sagt? Du weißt, dass ich unsere westliche Spätmoderne gegen Deinen Innerlichkeits-Elitarismus stets verteidigt habe. Aber womöglich bin ich zum ersten Mal in meinem Leben geneigt, dem beizupflichten, was Du stets vertreten hast: In dem Augenblick, in dem der Mensch aufhört, eine *Natur* sein zu wollen, hört er auf, ein Individuum sein zu können. Wer die Natur in sich leugnet oder abschaffen will, hat kein echtes Material mehr, aus dem er sich ein veritables Ich formen könnte. Was bleibt ihm anderes, als Individualität zu simulieren, indem er sich heute dieses, morgen jenes Mäntelchen umhängt? Welchen Ausdruck hast Du immer benutzt? »Spätmodernes Individualitätsdarstellertum«? Vermutlich müsste man mittlerweile sogar sagen: »Spätmodernes Singularitätssimulantentum«. (Angesichts Deiner generellen Verachtung für Soziologie wirst Du den jüngsten Hit in dieser Disziplin, »Die Gesellschaft der Singularitäten«, nicht gelesen haben. Ich finde es eine erschreckend triftige Analyse des Zustands, in dem wir uns befinden. Nur müsste man sich nach der Lektüre eigentlich erschießen – wenn man nicht selbst eine von diesen feigen »Singularitäten« wäre, die sich nicht entscheiden kann, was sie mehr liebt: Ihre renovierte Altbauwohnung? Ihre Kletterhalle? Oder vielleicht doch Schuberts Streichquartette?)

Du würdest Amok laufen, wenn Du nur zehn Minuten an einer meiner Redaktionskonferenzen teilnehmen müsstest. Heute wurde etwa mit bitterem Ernst die Diskussion geführt, ob es in Ordnung ist, dass Joanne K. Rowling – muss Dir nichts sagen, Jugendbuchautorin, die Frau hat weltweit über 500 Millionen Bücher verkauft – darauf besteht, Frauen als »Frauen« zu bezeichnen, anstatt von »Personen, die menstruieren« zu sprechen.

Immerhin musste ich eben, als ich diesen Satz hingeschrieben habe, heute zum ersten Mal lachen. Ich weiß nicht, ob es mir gelingt, Dir das Problem so zu erklären, dass Du wenigstens ansatzweise verstehst, worum es geht.

Trans-Aktivist*innen, also Menschen, die sich weigern, ihre Geschlechtszugehörigkeit als biologisches Fa(k)tum anzuerkennen, fordern, dass man auf eine Bezeichnung wie »Frauen« verzichten soll. Stattdessen soll man lieber von »Personen, die menstruieren« reden, um diejenigen Menschen nicht auszuschließen, die zwar menstruieren, sich selbst aber als Mann – oder weder als Mann noch als Frau oder sowohl als Mann als auch als Frau – empfinden. Die Dir unbekannte Ms Rowling nun hat einen ironischen Tweet abgesetzt, in dem sie fragt, ob es zur Bezeichnung von Personen, die menstruieren, früher nicht mal ein einfacheres Wort gegeben habe und ob dieses Wort nicht eventuell »Frau« gewesen sein könne.

Im Internet tobt der Shitstorm mit einer derartigen Windstärke, dass seine Ausläufer auch in meiner Redaktion angekommen sind. Und um den allerletzten Nagel in jenen Sarg zu schlagen, in dem Du Deinen Glauben an die Zurechnungsfähigkeit unserer Medienwelt ohnehin schon lange begraben hast, darf ich Dir mitteilen, dass es in meiner Zeitung nicht wenige gibt, die leidenschaftlich davon überzeugt sind, Joanne K. Rowling habe mit ihrem Tweet ein »Vergehen gegen die Menschlichkeit« begangen. Mich halten sie für ein zynisches Arschloch (warum eigentlich nicht für eine zynische Arschlöchin?), weil ich zu fragen gewagt habe, ob sie wirklich meinen, wir würden die Welt auch nur um eine Winzigkeit besser machen, indem wir künftig statt von »Hausfrauen« von »Hauspersonen, die menstruieren« redeten?

Wenn aber bereits eine biologische Tatsache wie diejenige, dass die allermeisten Menschen ein klar zu benennendes Geschlecht – und manche eben zwei – haben, abgeschafft beziehungsweise durch das freie Spiel von Emanzipation und Einbildungskraft ausgehebelt werden soll – wenn bereits solch vergleichsweise harmlose biologische Tatsache als unerträglich gilt, wie sollen wir dann noch Frieden mit der viel krasseren biologischen Tatsache machen, dass wir alle, ganz gleich, welche Geschlechtsidentität wir uns geben, dem Tod unterworfen sind? Wenn ein Begriff wie »Frau« als Instrument psychischer Grausamkeit oder unzulässiger Herrschaftsausübung gebrandmarkt wird, müssten dann nicht alle Begriffe aus der Familie »Tod« und »Sterben« erst recht geächtet werden?

Oder ist es genau umgekehrt: Dürfte am Schluss von unserer Sprache, streng genommen, nur noch das Wort »Tod« übrig bleiben, weil »diers« (vorgeschlagene Kurzform für »der/die/das«) Tod »diers« Einzige ist, »diers« nun wirklich niemanden und nichts, »diers« auf Erden lebt, ausschließt? Vielleicht müsste man den Tod nur neu »framen«, und er hätte plötzlich wieder eine Riesenkarriere vor sich: *Keiner diskriminiert weniger! Gleichstellung für alle! Inklusion total! Sterben jetzt!*

Vielleicht steckt hinter der Tatsache, dass wir seit Langem schon so eifrig damit beschäftigt sind, jede schlimme Nachricht sofort zur schlimmstmöglichen Nachricht hinaufzudramatisieren, anstatt erst einmal abzuwarten, ob es nicht weniger schlimm kommt – vielleicht verbirgt sich hinter dieser Katastrophengier nichts anderes als das gute, alte »Bedenke, dass du sterblich bist!«. Früher wurde dem Menschen seine Sterblichkeit alle paar Schritte unter die Nase gerieben: vom Leben, von den Kirchen, von den Künsten. Heute übernehmen diesen Job eben wir Journalisten – und neuerdings auch die Politiker.

Bis zum Ende des Mittelalters, bis Luther mit seinem fröhlichen Gottesgnaden-Grobianismus daherkam, war das *Memento mori* ja sogar die Geschäftsgrundlage der Kirche, frei nach dem Motto: Erst sorgen wir dafür, dass sich die Schäflein Tag und Nacht vor dem Tod fürchten, und dann schlachten wir ihre Angst möglichst lukrativ aus, indem wir ihnen das Blaue vom Himmel versprechen, wenn sie nur brav unsere Ablassbriefe kaufen. (Preisfrage: Welches Geschäftsmodell verfolgen heute *wir*?)

Oder ist es gar der Todestrieb, der sich hinter unserer permanenten Katastrophengafferei verbirgt? Nur dass wir es uns – im Gegensatz zu den Romantikern – nicht mehr gestatten, der Nacht so todes- wie freudetrunken entgegenzutaumeln? (Ausnahmen bestätigen die Regel.) Aber was soll der zeitgenössische Machbarkeits-Philister mit seinem versteckten Todestrieb auch anfangen?

Nun ja. Er fängt mit ihm das an, was wir seit ein paar Monaten in gesteigerter Form erleben: Mit grimmiger Entschlossenheit, den Tod »in den Griff zu bekommen«, kujoniert er das Leben, bis von diesem nichts Nennenswertes mehr übrig geblieben ist. »Lebe wild und gefährlich?!« Von wegen! »Lebe lang und gesund!«, so lautet die Parole! Tag und Nacht verteidigen wir die Frontlinie, damit der Tod bloß keinen Zentimeter Geländegewinn macht. Dabei merken wir gar nicht, dass er sich längst schon von hinten angeschlichen und seinen kalten Knochenarm um unsere Kehlen gelegt hat. Wir wundern uns nur, warum uns auf einmal so kalt und leblos zumute ist, wo wir doch alles tun, um *gesund* zu bleiben.

Lieber Max, hilf mir! Schreib mir! Einen richtigen Brief! Allein komme ich aus dieser Zwickmühle nicht heraus! Ich will nicht sein wie die Gesundheitsstreber. Und dennoch fehlen mir der Mut, die Gelassenheit und die Freiheit zu sagen: Lieber Tod, ich bin dir nicht böse, dass du mir meine Mutter genommen hast. Wenn du willst, dann nimm auch mich. Wenn du mich jetzt aber noch nicht willst, dann tu mir einen Gefallen – und geh mir aus der Sonne!

Sei umarmt
von Deiner Johanna!

Liebe Freundin!

Gibt es nicht auch eine

Bescheidenheit im Schmerz?

Dein alter

Freund

Stoa Of Attalos, Athens

9. Juli

Mein Gott, Max!

Dass Du jetzt auch noch die Stoa aus der Kiste kramst – genial!

Zu Deinen Gunsten will ich annehmen, Du hast die Karte losgeschickt, bevor mein letzter Brief bei Dir eingetroffen ist.

Dir ist schon klar, dass dieses ganze Gequatsche von »Seelenruhe« und »gelassener Heiterkeit« längst zum Trost-Leckerli für gestresste Manager und überforderte Hausfrauen verkommen ist?

Davon mal abgesehen: War Stoizismus je etwas anderes als die hohe Kunst, sich objektive Probleme subjektiv am Arsch vorbeigehen zu lassen?

Ich bin sicher, Dir fällt noch was Besseres ein!

Johanna

19. Juli

Lieber Max,

aus dem Umstand, dass ich vergangene Nacht an mein Bücherregal gegangen bin, um die verstaubte Seneca-Ausgabe (oberstes Brett, zweite Reihe) herunterzuholen, magst Du schließen, wie es um meine Selbstachtung bestellt ist.

Dass der Mann ein eifriger Trostbriefschreiber gewesen ist, daran konnte ich mich noch erinnern. Warum ich mich an nichts mehr von dem erinnern konnte, was er geschrieben hat, weiß ich jetzt wieder: weil seine Briefe abstruse Anmaßungen sind.

Stell Dir vor, Du bist eine Mutter aus einer römischen Patrizierfamilie. Einer Deiner Söhne ist jung verstorben. Du kommst über den Verlust einfach nicht hinweg. Nun schickt Dir ein Philosoph, der sich als »Dein Freund« ausgibt, Folgendes ins Haus:

»Beste Frau, hör endlich auf mit der Flennerei! Ein bisschen zu heulen, nachdem Dir Dein Lieblingssohn weggestorben ist, gehört zum Menschsein dazu – Tiermütter jammern ja auch eine Zeit lang herum, wenn ihnen ein Junges wegstirbt –, aber irgendwann ist mal gut. Erstens bringt Deine Flennerei den Toten nicht zurück. Zweitens quälst Du Dich mit Deiner Flennerei bloß selbst. Drittens habe ich den Eindruck, dass Du Dir schon längst nicht mehr *gestattest* zu flennen, sondern es Dir *befiehlst*. (Oder, schlimmer noch: Du flennst nicht mehr aus Trauer/Sehnsucht/Verlustschmerz, sondern aus *Gewohnheit*!) Viertens erweckst Du in jedem Fall den ungünstigen Eindruck, dass Du leben nicht willst, sterben nicht kannst. Fünftens ist Dauerflennerei – selbst für eine Frau – jämmerlich. (Es gibt auch eine *Bescheidenheit im Schmerz*, jawoll!) Sechstens gibt es überhaupt keinen speziellen Grund zu flennen, das Leben als solches ist eine Katastrophe, Dein Sohn hat's wenigstens hinter sich. Siebtens hast Du früher schon mal bewiesen, dass Du auch Nichtflennen kannst – damals, als das intrigante Cäsarenpack Deinen Vater in den Selbstmord getrieben hat und Du so beherzt seine Schriften für die Nachwelt gerettet hast. Achtens: Nichtflennen in Schönwetterzeiten ist keine Kunst; Nichtflennen-Können erweist sich in Zeiten des Unglücks. Neuntens: Tu nicht so, als wäre der Tod Deines Sohnes eine Überraschung gewesen; Du hättest Dir in dem Moment, in dem Du ihn geboren hast, klarmachen müssen, dass er sterben wird und also jederzeit sterben kann. Zehntens: Sei glücklich, dass Dir noch andere Kinder geblieben sind, alles hätte viel schlimmer kommen können. Elftens: Alles wird viel schlimmer kommen. Zwölftens: Freu Dich, dass Du schöne Erinnerungen hast, erinnertes Glück ist ohnehin robuster als gelebtes Glück. Dreizehntens: Der Tod wartet auf jeden, kein Grund, ihn persönlich zu nehmen. Vierzehntens: Auch Du bist demnächst fällig, und das ist angesichts des Unglücks, in dem Du Dich befindest, doch nun wirklich der allergrößte Trost.«

Lieber Max, wer solche Trostpost bekommt, braucht überhaupt keine Post mehr.

Moritura te salutat! J.

24. Juli

Mein lieber Max,

heute war einer dieser weiß Gott woher so schönen Tage. Ich habe mir ganz früh am Morgen aus den Resten in meiner Vorratskammer und im Kühlschrank ein Picknick zusammengeklaubt und bin zu meinem Lieblingssee nach Brandenburg hinausgeradelt. (Mittlerweile dürfen wir Berliner uns dort wieder blicken lassen, ohne dass ein arbeitsloser IM zum Telefon greift.)

Fahrtwind; Vogelgezwitscher; die Kraft der eigenen Beine spüren; weiche Luft, die sich langsam erwärmt; noch weicheres Wasser, das trotz der Hitze so kalt ist, dass die Haut schmerzt; zum Trocknen auf einem Holzsteg liegen; Wellen leise schwappen hören; wieder ins Wasser fallen lassen; auf dem Rücken treiben lassen; zwei Wolken, die sich nicht entscheiden können, ob sie eine werden wollen; überreife Erdbeeren und abgelaufene Salzmandeln essen; die Reste an eine Entenfamilie verfüttern; die gut gekühlte Ginflasche aus dem Seewasser fischen, die im Mai noch bei meiner Mutter auf dem Küchentisch gestanden hat; langsam betrunken werden, ohne es zu sein; nach Hause radeln, singend durch den märkischen Sand schlingern; im feuchten Haar den Seegeruch, und der Himmel noch immer hell.

Da wir hier ja ein Redlichkeitsfestival veranstalten, gebe ich zu, dass ich in meinen Picknickrucksack auch den alten »Toreador der Tugend« gepackt habe. Wahrscheinlich darf man Seneca nur im Freien lesen. Idyll und Härte. Das heißt: Was Seneca an Trost zu bieten hat, ist so hart, dass ich es ohne Idyll nicht ertrage. Und ich glaube nicht, dass dies mein persönlicher Defekt ist. Wir sind einfach keine Gesellschaft mehr, in der ein Mann einer trauernden Frau sagen darf: Reiß dich zusammen, Alte!

Wer weint, hat immer recht. Falls wir mit dem Begriff »Tugend« überhaupt noch etwas anzufangen wissen, ist für uns der Tugendsame der Feinfühlige, Sensible, Empathische, der *Fürsorgliche*. Einer, der sich schützend vor die Schwachen stellt und sagt: Lasst die Schwachen, bitte, mal in Ruhe schwach sein!

Ich habe mich vorhin vor den großen Garderobenspiegel gestellt, mir hart in die Augen geschaut und laut zu mir selbst gesagt: »Johanna, ermanne dich!« Wahnsinnig komisch.

Stoizismus ist nur abruf- beziehungsweise ausbildbar in einer Gesellschaft, die strenge Haltungsnoten vergibt. Die Preisfrage ist natürlich, warum wir das mit den strengen Haltungsnoten aufgegeben haben und stattdessen Gefühligkeitsprämien verteilen.

Der erste Verdacht ist mir zu blöd, deshalb schreibe ich ihn nur der Vollständigkeit halber hin, um ihn gleich abhaken zu können: Die Verweichlichung unserer Gesellschaft liegt an ihrer Verweiblichung. Aber das ist ja tautologischer Quatsch. Seneca hat zwei seiner drei Trostbriefe an Frauen geschrieben. Von den beiden – eine ist immerhin seine eigene Mutter – verlangt er nicht weniger Haltung und »sittliche Festigkeit« als von dem Mann, den er ermahnt. Wenn am Weiblichen vor allem das Weichliche wertgeschätzt wird, muss die Verweichlichung also schon vorher stattgefunden haben.

Zweiter Verdacht: Je weniger Härten in einer Gesellschaft objektiv zu ertragen sind, desto unwichtiger wird es, Härten subjektiv mit Würde ertragen zu können. Ich habe ein wenig in Senecas Leben herumgelesen – wenn ich es richtig sehe, war der Mann durchaus kein Diogenes in der Tonne. Cäsarenerzieher, Cäsarengünstling, wohlbestallter Minister mit Bädern und Fußbodenheizung. Und gleichzeitig ein krasser Spielball der Mächtigen: von Claudius in die Verbannung geschickt; von Neros Mama nach Rom zurückhofiert, um ihren verdrehten Sprössling wenigstens so hinzubiegen, dass er auf den Kaiserthron passt; von Nero selbst aus Dankbarkeit für seine Erziehungsdienste zum Tod durch Selbstmord verurteilt.

Vielleicht kommen solche Biografien heute noch

in Russland vor. Oder in China. Unsereins muss schon »Game of Thrones« schauen, wenn er erleben will, was es bedeutet, als Mensch durch und durch ausgeliefert zu sein. Es sieht also ganz danach aus, als ob der Mensch nur dann willens wäre, seine seelische Haltungsmuskulatur zu trainieren, wenn er davon ausgehen muss, dass er sie in seinem Leben tatsächlich brauchen wird. Ist das die große Lüge, die Selbsttäuschung unserer fortgeschrittenen westlichen Wohlstands-, Versicherungs- und Gerechtigkeitskulturen? Dass uns von Kindesbeinen an versprochen wird, wir bräuchten keine Seelenmuskulatur mehr: »Mensch, der du hier und heute auf die Welt gekommen bist, freu dich, du hast das größte aller Glückslose gezogen! Du wirst keine Härten mehr hinnehmen müssen – weder von anderen Menschen noch von der Natur! Wir werden uns bemühen, dir alle bekannten und unbekannten Widrigkeiten aus dem Weg zu räumen. Und solltest du dir dein Füßchen oder Köpfchen doch einmal stoßen, werden wir alles daransetzen, die Schuldigen zur Verantwortung zu ziehen und dieses Hindernis ein für alle Mal zu beseitigen.«

Und dann steht eines Tages der Tod – oder diabolischer noch: eine todbringende Seuche – vor der Tür und lacht. Lacht uns Esel aus, so wie der Kutscher Pinocchio und die anderen Kinder auslacht, die er ins

Land der Spielereien gelockt hat, ohne ihnen zu sagen, welchen Preis sie für das Glück der Dauerunernsthaftigkeit zahlen werden.

Aber welche Mutter, welcher Vater, welcher »Erzieher« brächte heute noch die Grausamkeit auf, einem Kind das Lesen beizubringen, indem er es gleich lehrt, das Kleingedruckte im Lebensvertrag zu entziffern, wie Seneca es tat?

»ERKENNE DICH! Was ist der Mensch? Ein Gefäß, durch beliebige Erschütterungen und beliebigen Stoß zu zerbrechen ... ein hinfälliger, gebrechlicher Körper ... aus Schwachem und Schlaffem gewoben und nur äußerlich ansehnlich ... unfähig, Kälte, Hitze, Anstrengung zu ertragen ... allein schon durch Unsauberkeit und Müßiggang in Fäulnis übergehend ... von angstvoller, stets gefährdeter Sicherheit ... Wundern wir uns da über den Tod, der eines einzigen schluchzenden Atemzugs Werk ist? ... Raub gibt es bei allen Dingen: Unglückselige, ihr versteht nicht, auf der Flucht zu leben!«

Ich versuche mir vorzustellen, was passieren würde, wenn ein tollkühner Philosophielehrer sich heute vor seine Klasse stellen und seine Schüler zwingen würde, Seneca *wirklich* zu lesen, statt auf den toten Buchstaben herumzukauen. Wahrscheinlich wäre er seinen Job wegen psychischer Grausamkeit innerhalb kürzester Zeit los. Vielleicht würde auch gleich im Klassenzimmer Panik ausbrechen.

»Das Schicksal wird unsere Leiber missbrauchen: unbeherrscht, schmählich, grausam ... Die einen wird es mit Feuer brennen ... andere wird es ins Meer werfen und, wenn sie mit den Wogen gerungen haben, nicht einmal auf Sand oder an eine Küste klatschen, sondern in den Bauch eines riesenhaften Ungeheuers werfen ... Wieder andere wird es, von verschiedenen Krankheiten entkräftet, in der Mitte zwischen Leben und Tod festhalten. Wie eine launische, unberechenbare Herrin, der ihre Sklaven gleichgültig sind, wird es sich bei Strafen und Geschenken irren. Ist es nötig, Einzelheiten zu beweinen? Ganz und gar beweinenswert ist das Leben!«

Vielleicht würde man diesen tollkühnen Stoiker auch direkt in die Psychiatrie stecken.

Wann hast Du zuletzt Seneca unterrichtet?

Wenn ich mich frage, warum ich der Versuchung, die beiden Bände Seneca, die ich an den See mitgenommen habe, in ebendiesem zu versenken, *nicht* nachgegeben habe, fällt mir als Antwort einzig und allein – meine Mutter ein. Ich glaube zwar nicht, dass sie jemals eine Zeile von ihm gelesen hat. Aber irgendetwas von dieser stoischen Härte, die im Idealfall dann auch zur berühmten stoischen Gelassenheit führen kann – wie das gehen soll, darüber muss ich noch nachdenken –, irgendwas von dieser stoischen Härte hat es auch in meiner Mutter gegeben. Liegt es daran, dass sie nicht wenige Nächte ihrer Kindheit im Luftschutzkeller verbracht hat? Dass sie ihren Vater – Ostfront – nie wirklich kennengelernt hat? Dass ihre Mutter und ihre beiden Schwestern nach dem Krieg gar keine andere Wahl hatten, als die Zähne zusammenzubeißen und mit anzupacken?

Meine Mutter war kein »harter« Mensch. Aber eine tief sitzende Verachtung für Schwächlichkeit gab es bei ihr schon.

Beim Nachhauseradeln vom See ist mir eine Episode aus meiner Grundschulzeit eingefallen, an die ich lange nicht mehr gedacht habe: Der Klassenkasper hatte sich auf mich beziehungsweise meinen langen Pferdeschwanz eingeschossen, er zog daran, wann immer er ihn zu fassen bekam. Wenn er mich über den Schulhof kommen sah, fing er an zu wiehern, herumzugaloppieren und wie ein Idiot zu lachen. Die anderen Kinder haben selbstverständlich mitgemacht, mitgelacht. Ich kann mich nicht mehr erinnern, wie sehr ich darunter gelitten habe. Aber ich erinnere mich an das Mittagessen bei einer Schulfreundin, zu dem mich deren Mutter eingeladen hatte. Meine Freundin (oder war ich es selbst?) muss davon erzählt haben, dass ich gemobbt werde – das Wort hat es damals noch nicht gegeben, also wird eher die Rede davon gewesen sein, dass mich in der Schule ein paar Jungs »hänseln«. Die Mutter war jedenfalls aufrichtig empört und konnte überhaupt nicht begreifen, warum meine Mutter sich nicht längst bei der Klassenlehrerin oder bei den Eltern des Kaspers beschwert hat. Beim Abendbrot habe ich wiederum meiner Mutter erzählt, die Mutter der Freundin habe sich gewundert, warum sie in der Pferdeschwanz-Geschichte nicht längst schon eingeschritten sei. (Doch, ich glaube, so kompliziert muss es gewesen sein. Der Gedanke, ich könne von mir aus, ohne alle Umwege, gesagt haben: Mami, warum beschwerst du dich nicht bei der Klassenlehrerin, du weißt doch, dass der Thilo/Timo/Tommie mich immer hänselt – dieser Gedanke kommt mir absurd vor.) Ich sehe ihn wieder vor mir, den liebevollen und dennoch leicht verächtlichen Blick meiner Mutter, mit dem sie mich anschaut und sagt: Liebes, dieser Thilo/Timo/Tommie wird nicht der letzte Blödmann sein, der dich an irgendeinem Pferdeschwanz zieht.

Hat sie sonst noch was gesagt? Etwas wie: Johanna, wehr dich!? Etwas wie: Versuch erst mal, das Problem allein zu lösen, aber wenn du wirklich nicht klarkommst, gehe ich natürlich zu deiner Klassenlehrerin!?

Was erzählt es, dass ich mich weder daran erinnern kann noch daran, wie die Geschichte ausgegangen ist? Sondern nur an den Blick, mit dem mich meine Mutter angeschaut hat?

Ob die Mutter meiner Grundschulfreundin als Kind ebenfalls im Luftschutzkeller gesessen hat?

Max, ich mach Feierabend.

Herzlichst,
Johanna

2\. August

Liebes Max,

niemand kommt ungestraft auf diese Welt.

Das haben wir nun davon. Seit Tagen stößt mir dieser Satz auf. Und je öfter ich ihn wieder hinunterschlucke, desto weniger begreife ich, wie ein Weg von einem derartigen Lebenspessimismus zu der berühmten stoischen Gelassenheit führen soll.

»In dieses tiefe und ruhelose Meer geworfen, das bald zurückweicht, bald anschwillt, das uns mit sich in die Höhe reißt, niederwirft, ständig umherschleudert – niemals fassen wir an einer festen Stelle Fuß: Wir schweben und schwanken, einer wird gegen den anderen gestoßen; wieder und wieder erleiden wir Schiffbruch, fürchten tun wir uns immer. Wer auf diesem stürmischen und allen Unwettern ausgesetzten Meer fährt, für den gibt es keinen Hafen außer dem Tod.«

Wenn ich das lese, stellt sich bei mir mitnichten Seelenruhe ein. Im Gegenteil. Ich frage mich, warum ich noch länger auf diesem Schiff bleiben soll und nicht lieber gleich über Bord springe.

Natürlich ist es ein starkes Bild, vor einen glitzernden Hoffnungshorizont gestellt: da draußen die tobende See – und in mir die See(le) so ruhig und glatt wie in windstiller Vollmondnacht.

Aber ich komme einfach nicht darüber hinweg, dass wir heute, zweitausend Jahre nach Seneca, eben viel bessere, viel robustere Schiffe haben, mit denen wir auf diesem »tiefen und ruhelosen Meer« höchst komfortabel und vergleichsweise sicher umherschippern. Wie soll denn auf einem Luxusliner mit Stabilisatoren, Satellitentelefon, voll ausgerüstetem OP, Hubschrauberlandeplatz und allen Schikanen das Lebensgefühl, »verdammt, in Wahrheit hocken wir ja doch nur in einer Nussschale«, *nicht* baden gehen? Sollen wir, um das Gefährdungsgefühl künstlich in uns wachzuhalten, einmal im Monat zum existenziellen Schiffbruchtraining antreten, Frauen und Kinder zuerst (oder zuletzt?), und in den Schultern immer schön locker bleiben?

Eigentlich habe ich keine Lust, Ernst Jünger ins Feld zu führen, der sich ja vor siebzig Jahren schon über unsere »Titanic« mokiert hat: unter Deck nichts als dumpfes, mechanisches Stampfen, an Deck nichts als dumpfer, mechanischer Amüsierwille – bis unversehens ein Eisberg auftaucht, die Sicherheitsillusion zusammen- und Panik ausbricht. Aber leider ist es mir unmöglich, *nicht* an Jünger und seine Verachtung für die Schönwettergesellschaft zu denken, wenn ich mir anschaue, wie unsere Kapitäne versuchen, das ihnen anvertraute Schiff an diesem plötzlich aufgetauchten Seucheneisberg vorbeizunavigieren. Nicht einmal mehr die Bordkapelle lässt man noch frei aufspielen!

Ich habe mir heute das Handy-Video von einer Orchesterprobe angeschaut, das wohl seit Wochen schon durchs Netz geistert: Alle Musiker, die keine Blasinstrumente spielen, tragen Mundschutz! Sämtliche Streicher, die Paukistin, der Harfenist – alle tragen sie OP-Masken! Das ist grotesk! Da wird »Tristan und Isolde« geprobt, und zwei Drittel des Orchesters schauen aus, als warteten sie auf einen Lebensrettungsgroßeinsatz – anstatt auf ihre Einsätze, um Wagners magische Todessehnsuchtsklänge entstehen zu lassen. Wie soll auf diese Weise denn irgendwas vom selbstverschwenderischen Geist des »wogenden Schwalls«, des »tönenden Schalls«, des »Welt-Atems wehenden Alls« aufkommen?

Ich kriege das nicht zusammen. Ich könnte das nicht ertragen. Denn es sind ja nicht nur die Musiker, die sich »bedecken« müssen. Sollte es je wieder irgendwo eine »Tristan«-Aufführung geben, müsste auch das – sowieso schon verstreut auf Abstand sitzende – Publikum Mundschutz tragen, sprich: sich zu den Insignien des unbedingten Lebensschutzes bekennen. Nein: Das ist nicht bloß »grotesk« – das ist *dekadent*!

Würde ich derlei in einer Redaktionskonferenz sagen – oder gar im Blatt schreiben –, wäre ich allerdings sofort als »Virusleugnerin« erledigt. Wie kann sie es wagen! Die ist ja verrückt! Dankbar soll sie sein, dass überhaupt wieder geprobt – und hier und da sogar ein bisschen was aufgeführt – werden darf!

Eben ist in mir ein Gedanke aufgeblitzt, der ein Seneca-Trostmoment enthalten könnte: Was für ein Glück, dass meine Mutter all das nicht mehr miterleben muss! Ich weiß nicht, zu welcher Art Bombenlegertum sie sich hätte hinreißen lassen, wäre sie Zeugin geworden, wie übereifrig-ängstlich selbst das von ihr so geliebte Milieu der Kunst sämtliche Anordnungen der Titanic-Crew befolgt. Sollte morgen die Parole ausgegeben werden, dass Theater nur noch in karierten Raumanzügen rückwärts betreten werden dürfen, würden vermutlich alle Theaterverantwortlichen rufen: »Super! Karierte Raumanzüge rückwärts! Na klar, machen wir!«

Ich wünschte, ich würde übertreiben. Aber, ich bitte Dich, Max, lies mal dies hier! (Ich zitiere aus der offiziellen »Handlungshilfe zum Pandemie-Arbeitsschutzstandard für die Branche Bühnen und Studios im Bereich Proben- und Vorstellungsbetrieb«):

»Auf der Proben- oder Szenenfläche agierende Personen, die bewegungsintensiv [!], tanzend [!!], exzessiv sprechend [!!!] oder singend [!!!!] eine Rolle proben oder darstellen, haben einen Abstand zu anderen Personen von mindestens 6 m [???] einzuhalten. Eine Verringerung des Mindestabstandes auf 3 m [hui!] kann nur bei verstärkter Lüftung und nachweislicher Einhaltung einer maximalen CO_2-Konzentration der Raumluft von 800 ppm erfolgen. [Ja, dann!] Ein Mindestabstand von 3 m wird im Freien empfohlen und ist den vorhersehbaren Windeinflüssen anzupassen. [Ein Königreich für einen Windsack!]«

Ach, Mama! Falls sich irgendwas von dir doch noch irgendwo herumtreibt: Ich hoffe, du kriegst nicht mit, was für eine Lumpentragödie wir hier aufführen!

Aber vielleicht ist ja auch dies eine Form von Stoizismus: in würdevoller Gefasstheit jeden Schwachsinn mitzumachen, der angeordnet wird; mit tödlichem Ernst vor dem Tod den Narren zu geben.

Nein, zumindest den zweiten Teil würde unser Tugendbold gewiss nicht unterschreiben. Andererseits bin ich nicht sicher, was er überhaupt unterschreiben würde. Je mehr ich in Seneca herumlese, desto deutlicher wird mir, dass dieser vermeintlich nach klaren, eindeutigen Linien ausgerichtete Tempel des Stoizismus doch eine ziemliche Villa Kunterbunt ist.

Was soll zum Beispiel der Trost-Joker, den Seneca

regelmäßig aus der Toga zieht: nicht so schlimm, dass dein Sohn/Bruder/Vater tot ist, seine ruhmreichen Taten/Texte werden ihn überleben – wenn er am Schluss ausgerechnet den Weltuntergang als Super-Joker hervorzaubert? Wie kann mich der Gedanke, dass etwas von meiner Mutter überdauern wird, trösten, wenn ich mir im nächsten Atemzug sagen soll: Ach, was! Geht ja ohnehin alles zum Teufel?

Findest Du es im Übrigen nicht sonderbar, mit welcher Wonne unser Stoizissimus die Apokalypse ausmalt? »Die Zeit wird ganze Gebirge einstürzen lassen und anderswo neue Felsmassen emporwuchten. Sie wird Meere verschlingen, Flüsse verlegen, und indem sie der Völker Verkehr vernichtet, wird sie die Gemeinschaft des Menschengeschlechts und alle Zusammengehörigkeit zerstören. Anderswo wird sie Städte in riesenhaften Klüften versinken lassen, sie mit Erdbeben erschüttern, und aus der Tiefe wird sie Pesthauch aufsteigen lassen. Mit Überschwemmungen wird sie alles Bewohnte überziehen und alles Lebendige töten, mit riesigen Feuerbränden wird sie versengen und verbrennen, was sterblich ...«

Halleluja! Wenn da mal nicht schon die Ökokalypse herübergrüßt! Oder Bruder Johannes von Deinem Inselchen. Aber der besaß wenigstens die Menschenfreundlichkeit, seine Apokalypse am Schluss mit einem großen Hoffnungsschnörkel zu versehen: »Die Gnade des Herrn Jesus sei mit allen!«

Wie beendet dagegen unser Herr Seneca seinen Brief? »Glücklich, Dein Sohn, Marcia, der das schon weiß.« Als Mutter allen Trostes bietet er uns die Erkenntnis an, dass die Toten sich »in die alten Urbestandteile verwandelt« und also ihren Beitrag zum »ungeheuren Zusammenbruch« schon geleistet haben! Na, wenn das mal nicht das Gemüt erhebt!

Wenn man mir schon einreden will, ich solle mich getrost ins totale Nichts schicken, dann, bitte schön, so:

Was sind wir Menschen doch? ein Wohnhauß grimmer Schmertzen.
Ein Ball des falschen Glücks / ein Irrlicht diser Zeit.
Ein Schauplatz herber Angst / besetzt mit scharffem Leid /
Ein bald verschmeltzter Schnee und abgebrante Kertzen.
Diß Leben fleucht davon wie ein Geschwätz und Schertzen.
Die vor uns abgelegt des schwachen Leibes Kleid
Und in das Todten-Buch der grossen Sterblikeit
Längst eingeschriben sind / sind uns aus Sinn und Hertzen.

Gleich wie ein eitel Traum leicht aus der Acht hinfällt /
Und wie ein Strom verscheust / den keine Macht auffhält:
So muß auch unser Nahm / Lob / Ehr und Ruhm verschwinden /
Was itzund Athem holt / muß mit der Lufft entflihn /
Was nach uns kommen wird / wird uns ins Grab nachzihn.
Was sag ich? wir vergehn wie Rauch von starcken Winden.

Aber zurück zu Deinem Darling. Sein abenteuerlicher Gedankensprung, Trost liege darin, dass etwas bleibt, während noch größerer Trost darin liege zu erkennen, dass am Schluss gar nichts bleibt, ist ja nicht der einzige Salto vorwärts/rückwärts, den er in den ach so lichten Hallen der Stoa schlägt.

Einerseits soll ich das Glück, solange es mir lacht, ruhig genießen – andererseits soll ich permanent damit rechnen, dass mir das Schicksal kräftig eine langt. Aber was heißt das denn konkret? Soll ich mir in meinem weichen Bettchen jeden Abend vor dem Schlafengehen alle Katastrophen ausmalen, die über mich hereinbrechen könnten? Schlaganfall? Herzinfarkt? Krebs? Freunde tot? Haus abgebrannt? Arbeitslos? Alles zusammen? Und eine solche Desastermeditation soll zu etwas anderem führen als zu hysterischen Albträumen? Ich mag einfach nicht glauben, dass der gefallene Wohlstandsgünstling Seneca in seiner korsischen Verbannung jeden Morgen mit einem Lächeln aufgewacht ist, wenn er sah, in welch karge Hütte es ihn verschlagen hat, weil er dachte: Mensch, Schicksal! Ist ja gar keine Überraschung! Genauso – ach was, *viel schlimmer noch* habe ich mir mein Unglück immer vorgestellt! (Es kam ja auch noch viel schlimmer: Aufforderung zur Selbsthinrichtung durch seinen ehemaligen Zögling, das Arschloch Nero; zunächst Pulsadern aufgeschnitten; dann Schierlingsbecher gekippt; und als das immer noch nicht genug war, um das Leben in die Knie zu zwingen, soll er sich auch noch im Dampfbad erstickt haben. Puh. Senecas Frau übrigens, die versucht haben soll, sich mit ihm zu töten, wurde von Neros Schergen wieder ins Leben zurückgezwungen. Was natürlich nochmals ein interessantes Schlaglicht auf meine Überlegungen zum Thema Liebestod wirft ...)

Ich weiß nicht, welche Hochschule für das Aushalten von Widersprüchen man besucht, welchen Meisterkurs in »Ambiguitätstoleranz« (großes Modewort, aber nicht dumm) man belegt haben muss, um etwas gleichzeitig zu lieben und achselzuckend für entbehrlich zu halten. Die Durch-und-durch-Asketen sind wenigstens konsequent. Sie sagen: Schmeiß den ganzen Annehmlichkeitskrempel fort, das Einzige, worauf es ankommt, ist die seelisch-geistige Innenausstattung. Mir scheint sich hinter dieser Haltung zwar eine vorauseilende Feigheit vor dem Leben zu verbergen, aber wenigstens ist sie in sich schlüssig. Wie hingegen in einem einzigen Gemüt gleichzeitig Platz sein soll für Hedonismus *und* Hedonismusverachtung, für Lebenslust *und* Todeslangmut, bleibt mir ein Rätsel.

Vielleicht muss man Stoizismus als Lehrgang in schrittweiser Kapitulation betrachten.

Wenn du außer Landes gejagt wirst: kein Problem, die wenigsten Menschen leben dort, wo sie geboren sind. Sonne, Mond und Sterne leuchten überall, und deine »sittliche Vollkommenheit« nimmst du an den Schuhsohlen mit.

Wenn dir die Liebsten abhandenkommen: nicht so schlimm, du hast deine gemeinsame Zeit mit ihnen gehabt.

Wenn dir aller Komfort abhandenkommt: Pfeif drauf, ein wenig Brot, ein wenig Wasser, ein wenig Kleidung reichen zum Leben.

Wenn dich Krankheiten erwischen: ertragen, letztlich kommt es ohnehin nur auf deinen Geist und deine Seele an.

Wenn der Tod bei dir vor der Tür steht: aufmachen, danach ist endlich Ruhe.

Ein ziemlich beunruhigender Verdacht kriecht in mir herauf. Was, wenn es für das, was ich eben als »Lehrgang in schrittweiser Kapitulation« bezeichnet habe, in Wahrheit ein viel einfacheres Wort gäbe: »Leben«? Was, wenn wir uns vernünftigerweise alle damit abfinden müssten, dass wir unser Leben nur in eine Richtung leben, und dass diese eine Richtung bedeutet, dass es nach einer kurzen Phase des Wachstums und einer überschaubaren Blütezeit ums Weniger-Werden, Schrumpfen, Verlieren geht? Was, wenn das kapitalistische Ideal des »Mehr und Mehr«, das wir umstandslos auf unser Leben übertragen haben, dazu führen würde, dass wir den Kern des Lebens *mehr und mehr* verkennen? Was, wenn bereits ein so banaler Vorgang wie derjenige, bei einem Musikstück, das man besonders liebt, immer wieder »Replay« zu drücken, eine Fehlschulung mit Folgen wäre – weil diese winzige Fingerbewegung uns auf die Erwartung konditioniert, Glück ließe sich beliebig reproduzieren? Was, wenn wir stattdessen Schulungen bräuchten, wie wir das »Weniger und Weniger« ertrügen? Das *diminuendo*, das Verklingen, das Ersterben nach und nach ...

Herr, lehre doch mich,
Dass ein Ende mit mir haben muss,
Und mein Leben ein Ziel hat,
Und ich davon muss,
Und ich davon muss …

Immer noch da:
Deine Johanna

»Narcissus« (oil on canvas, 1599), Michelangelo Merisi da Caravaggio
Galleria Nazionale d'Arte Antica, Palazzo Barberini, Rome

Liebe Freundin!

Jetzt musst Du nur noch wagen
zu springen.

Dein alter Freund

11. August

Lieber Max,

heute ist etwas Merkwürdiges passiert. Ich habe drei Stunden mit einem meiner Cousins telefoniert. Mit einem mir fremden Mann, den ich zuletzt vor zig Jahren gesehen oder gesprochen habe.

Habe ich Dir je erzählt, dass meine Mutter zwei Schwestern hatte? Eher nicht, meine Verwandtschaftsverhältnisse hätten den Rahmen unserer Freundschaft gesprengt. Aber jetzt, wo ohnehin alles durcheinandergeht – ich verstehe NULL, was Du mir mit Deiner letzten Karte sagen willst, aber danke für den Caravaggio! –, jetzt, wo wir ohnehin alle der großen Konfusion entgegentaumeln, kann ich Dir auch meine Familiengeschichte be(r)ichten.

Cornelius ist der jüngste Sohn der jüngsten Schwester meiner Mutter. Sie ist die einzige Tante, die ich noch habe. Die mittlere Schwester – meine Mutter war die Älteste von den dreien – ist noch als Mädchen gestorben, einige Jahre nach dem Krieg, ausgerechnet *nachdem* sie die »schlimme Zeit« überstanden hatten. (Hallo, Schicksal?) Irgendwas mit der Lunge. Mein Großvater: irgendwo in Russland verschüttgegangen. Was er dort angestellt hat, weiß keiner. Meine Mutter hat einmal versucht, es herauszufinden. Das wiederum hat dazu geführt, dass die Abneigung zwischen den Schwestern endgültig in Hass umgeschlagen ist. Aber eigentlich war es schon vorher unerträglich. Meine Großmutter ist gestorben, da war ich sieben oder acht. An ihren Tod und die Beerdigung kann ich mich nicht erinnern. Nur an den hysterischen Zusammenbruch meiner Tante danach. Ich weiß nicht, was meine Mutter damals gesagt oder getan hat, jedenfalls hat meine Tante beim Leichenschmaus plötzlich die Fenster aufgerissen, ist aufs Fensterbrett geklettert und hat besinnungslos in die grüne, hügelige Landschaft hinausgebrüllt: »Meine Schwester ist Gott! Meine Schwester ist Gott! Meine Schwester ist Gott!«

Nach der Geschichte mit der Wehrmachtsausstellung haben die beiden Schwestern, obwohl meines Wissens dabei nichts über meinen Großvater herausgekommen ist, gar nicht mehr miteinander geredet. Wenn ich es richtig sehe, leidet meine Tante unter dem Phantasma – sie selbst würde wohl eher von »Trauma« sprechen –, dass ihre älteste Schwester sich stets zu dominant verhalten, nicht genügend Rücksicht auf ihre »Gefühle und Wünsche« genommen habe. Dabei war es meine Mutter, die, selbst ja noch ein Kind, ihre beiden jüngeren Schwestern in den Bombennächten in den Luftschutzkeller gebracht und dort im Arm und auf dem Schoß gehalten hat. (Meine sehr fesche Großmutter hat sich von meinem ebenfalls sehr feschen Großvater bei jedem Fronturlaub ein Kind machen lassen. Die Kinder selbst scheinen sie dann weniger interessiert zu haben.) Auch nach dem Krieg muss es vor allem meine Mutter gewesen sein, die den Vier-Frauen-Haushalt durchgebracht hat.

Wie dem auch sei: Seit ich auf der Welt bin, war meine Familie so verkracht, dass ich mich an keine Zusammenkunft erinnern kann, die anders als mit Schreierei und Türenschlagen geendet hätte. (Auch wenn wir nie über Familie geredet haben, kennst Du vielleicht meinen Lieblingsaphorismus zum Thema: »Familientragödie« ist eine Tautologie. Familie *ist* Tragödie.)

Nach dem Tod meiner Mutter habe ich kurz überlegt, meine Tante anzurufen, es dann aber gelassen, weil ich ziemlich sicher war – und es noch immer bin –, dass meine Mutter nichts weniger gewollt hätte, als dass ich ihre Schwester informiere. Zur Beerdigung habe ich sie selbstverständlich auch nicht eingeladen. (Und soweit ich an diesem desolaten Vormittag mit seinen versprengten Neuner-Grüppchen überhaupt etwas »überblicken« konnte, war sie auch nicht da.)

Deshalb hätte ich am liebsten vor Schreck aufgelegt, als heute Morgen mein Telefon klingelte (unbekannte Nummer) und eine mir unbekannte Stimme sich als mein Cousin Cornelius vorstellte und mir sein Beileid aussprach. Später – wir haben, wie gesagt, sehr, sehr lange miteinander telefoniert – behauptete er, sich gut an unsere letzte Begegnung zu erinnern: Wie er bei der Beerdigung unserer Großmutter beziehungsweise beim anschließenden Ausraster seiner Mutter in Tränen ausgebrochen sei, ich ihn bei der Hand genommen und gesagt hätte: »Komm, wir gehen jetzt die Ponys füttern.«

Ich halte die Geschichte für erfunden. Zwar war die Beerdigung meiner Großmutter tatsächlich im ländlichen Bayern, es hätte also in der Nähe des Wirtshauses, in dem der Leichenschmaus stattfand, einen Ponyhof geben können, aber warum hätte ich meinen – kaum jüngeren – Cousin, mit dem ich zuvor nie etwas zu tun gehabt hatte, bei der Hand nehmen und ihn gewissermaßen als kleine Blauhelmsoldatin aus dem Kriegsgebiet führen sollen? Ich würde die Geschichte eher glauben, hätte mein Cousin mir erzählt, ich hätte ihn damals streng angeschaut und gesagt: »Hör auf zu flennen. Das ist die Wirklichkeit. Besser, du gewöhnst dich rechtzeitig dran.«

(Kurzes Seneca-Aufstoßen: »Fremde Tränen vermag nur derjenige zu trocknen, der die eigenen unterdrückt.« Will sagen: Wer untröstlich ist, kann auch keinen anderen trösten. Heißt das also, dass ich damals *nicht* untröstlich gewesen bin? Und was würde Seneca zum Thema »Trost durch Pony-Füttern« sagen?)

Cornelius und ich haben jedenfalls beschlossen, bald wieder miteinander zu telefonieren. Am Schluss unseres Gesprächs meinte er, all die Jahre habe er sehr bedauert, dass der Zwist unserer Mütter auch dafür gesorgt hat, dass wir uns nie richtig kennengelernt haben. Seit Jahren versuche er, seiner Mutter klarzumachen, dass sie ihren Groll gegen meine Mutter endlich begraben solle. Merke: Nicht nur die »Starken«, auch die »Schwachen« können verdammt destruktiv sein.

Cornelius ist übrigens Kinderarzt.

Heute recht fröhlich:
Deine Johanna

Max!
So kommst Du mir nicht davon! Das ist doch alles verquaster Scheiß!!!!!!!! Wohin soll ich springen? Ins kalte Wasser? In den Spiegel? Vom Balkon? Dir mit dem Arsch ins Gesicht? Wenn Du mich für eine bescheuerte Narzisstin hältst – DANN SAGS DOCH EINFACH!!!!!!! Hör auf mit diesem Um-die-Ecke-Geraune! Mit diesem Bilderrätsel-Scheiß! Das alles steht mir bis o-ben-hin!!!! Für wen hältst **DU** Dich eigentlich? Für die Sphinx von Theben? Das Orakel von Delphi? Den Freud von Patmos??? Schluss! Aus!!!! Ich lasse mir meinen Zorn nicht ausreden!!!! Weißt Du auch warum? WEIL ER DAS BESTE AN MIR IST!!!!!!! Scheiß auf BESCHEIDENHEIT IM SCHMERZ!!!!!!!! Scheiß auf DU WIRST DEN EINDRUCK MACHEN DASS DU LEBEN NICHT WILLST STERBEN NICHT KANNST!!!! Dann mach ich halt den Eindruck dass ich LEBEN NICHT WILL STERBEN NICHT KANN!!!!!!!!!! Fuck you STOA-SPIESSER!!!!!!!!!!!!!!! J!

Und weil Du Blödmann immer noch kein Internet hast muss ich jetzt auch noch zum Briefkasten torkeln

30. August

Lieber Max!

Ich habe nachgedacht. Es kann so nicht weitergehen.

Ich muss mein Leben ändern.

Ich werde Berlin verlassen. Aufs Land ziehen.

Vor zwei Wochen war ich im Allgäu. Mein Cousin Cornelius hat dort mit seiner Familie Urlaub gemacht und mich gefragt, ob ich nicht ein paar Tage dazukommen will. In der alten Mühle, die sie gemietet haben, war unterm Dach noch ein Zimmer frei.

Für mich hartgesottenen Einsiedler war es ein bisschen viel Gesellschaft auf einmal (Zahnärztin als Gattin plus extrem aufgeweckte Fünfjährige, melancholischer Zehnjähriger, pubertierender Dreizehnjähriger), trotzdem habe ich die Tage dort sehr genossen.

Ich habe gemerkt: Ich brauche das. Um mich herum nichts als Natur. Über mir einen weiteren Himmel. Dämmrung, die die Flügel spreiten will. Bäume, die sich schaurig rühren. Wolken, die wie schwere Träume ziehen. Und wenn dann Patsy, die wackere Familien-Dobermännin, kläffend über die abendliche Lichtung jagt, um sich in dem Reh zu verbeißen, das dort alleine grast, und der Jäger gerufen werden muss, um dem armen Tier (dem Reh) den Gnadenschuss zu geben, dann gilt es nicht nur drei heulenden Kindern und einer hysterischen Zahnärztin, sondern auch mir selbst klarzumachen: Was will dieses Grau'n bedeuten?

Aber genug der Eichendorff-Fledderei.

Ich meine es ernst, Max.

Ich gehe weg.

Natürlich liegt es auch an der Seuche. Das Großstadtleben hat unter der Regentschaft des pietistischen Materialismus (freudlos lebe der Mensch, gut versorgt und lang) seine Leichtigkeit, seinen Glanz verloren. Auch wenn unsere Seuchenrittmeister »die Zügel« mittlerweile noch ein wenig »gelockert« haben, bleibt das Leben hier bis auf Weiteres eine klamme Angelegenheit. Alle meine Freunde, die eine Datsche im Umland haben, sind längst dorthin geflohen. Mein letzter verlässlicher Liebhaber hat sich endgültig zu der Erkenntnis durchgerungen, dass, wer jetzt Familie hat, bei seiner Familie bleiben soll. Und ich kann es ihm nicht einmal verdenken.

Wie Du weißt, habe ich auf meiner Lichtung immer gern alleine gegrast. Zum ersten Mal fühle ich mich einsam. So einsam, dass ich vor ein paar Nächten beinahe unseren neuen Volontär abgeschleppt hätte. Im Haus von einer unserer Grafikerinnen gab es eine improvisierte Hinterhofparty; das Bier stand auf den Mülltonnen und wurde immer wärmer; die Musik kam aus dem Küchenfenster und wurde immer schlechter; Jason (so heißt der Volontär) tanzte wie ein Spargeltarzan auf Speed um mich herum (obwohl ich nicht glaube, dass an diesem Abend härtere Drogen als Bio-Bier in Umlauf waren); ich habe, seit ich rundum durchgetestet bin, keinerlei Dummheiten mehr gemacht – habe ich Dir eigentlich jemals gesagt, dass meine Testergebnisse allesamt negativ gewesen sind? Ich glaube, nicht. (Verrückt, in welchem Missverhältnis die Angst vor schlechten Nachrichten zu der Erleichterung steht, sobald es Entwarnung gibt! Nein, nicht verrückt – *dumm*!) Obwohl ein Trostfick (pardon) also durchaus im Rahmen des Vertretbaren gewesen wäre, bin ich irgendwann alleine nach Hause getrottet.

Zuerst habe ich gedacht, ich hätte nur aus der Angst heraus gekniffen, nun endgültig eine alte Säckin zu werden. Oder dass sich meine Wohnung nach dem kurzen Vergnügen umso leerer anfühlen würde. Aber dann habe ich begriffen, dass ich vor etwas anderem noch mehr Angst gehabt habe: Dass sich auch der lustige, clevere Jason plötzlich als Nachwuchs-Jakobiner entpuppen und am nächsten Morgen durch die dauergeöffneten Fenster und Türen in unseren Redaktionsräumen (»Querlüften!«) lauthals »Me too« krähen könnte.

Und da wurde mir klar: Ich muss bei der Zeitung aufhören. Kündigen. Wenn es so weit gekommen ist, dass ich einen lustigen, cleveren Nachwuchskollegen verdächtige, in Wahrheit ein Judas-Spießer zu sein, gehöre ich nicht mehr dorthin.

Damit will ich gar nicht behaupten, dass mein Verdacht *völlig* paranoid gewesen ist. Im Gegenteil. Die Jakobinerdichte nimmt unter den Nachwuchskollegen beständig zu. Doch ganz egal, ob mein Verdacht nun berechtigt oder paranoid war: In jedem Fall erzählt er mir, dass für mich nicht nur das Großstadtleben seine Leichtigkeit und seinen Glanz verloren hat, sondern auch das Zeitungmachen. Das Zeitungmachen, das ich vor zwanzig Jahren so geliebt habe. Das ich so glamourös verspielt und gleichzeitig weltbewegend ernst fand, dass ich dafür aus der philosophischen Kutte gesprungen bin – und das jahrelange Zerwürfnis mit Dir in Kauf genommen habe ...

Sitzt Du jetzt auf Deiner Insel und lachst?

Natürlich ist die Geschichte mit dem armen Jason nur der magische letzte Tropfen gewesen, den es stets braucht, um das längst schon volle Fass der Einsicht überlaufen zu lassen.

Eigentlich hätte ich an dem Tag kündigen müssen, an dem in unserer Zeitung der erste »Newsroom« eingerichtet wurde, in dem die Klickzahlen unserer Artikel wie Aktienkurse auf einem riesigen Bildschirm mechanische Gebirgssilhouetten zeichneten. An dem

Tag, an dem auch unsere Zeitung die Geschichte eines verglühten Trash-TV-Sternchens auf Seite eins brachte. An dem Tag, an dem der »Kulturteil« halbiert wurde. An dem Tag, an dem uns Gerupften von der Chefredaktion vor versammelter Belegschaft mitgeteilt wurde, reine Buchbesprechungen, Theater-, Opern- und Konzertkritiken seien nicht mehr erwünscht, fürderhin gehe es nur noch um »Diskurs«. An dem Tag, an dem ein »Diskursbeitrag« von mir für gleißende Empörung sorgte und die Chefredaktion sich öffentlich dafür entschuldigte, solch »kontroversen Diskursbeitrag« gedruckt zu haben. An dem Tag, an dem der schlampig recherchierte, vor Fehlern wimmelnde Text eines Kollegen damit entschuldigt wurde, dass er »für die richtige Sache« kämpfe. An dem Tag, an dem der Text einer Gastautorin, die offenbar »für die falsche Sache« kämpfte, in letzter Minute aus dem Blatt gekippt wurde. An dem Tag, an dem ich aus dem Mund einer jungen Kollegin zum ersten Mal die Sätze hörte: »Scheiß drauf, was in dem Text steht! Es geht darum, *wer* ihn geschrieben hat. Endlich hören wir die Geschichte mal aus der Perspektive eines Betroffenen!« Und schließlich: Ich hätte an dem Tag kündigen müssen, an dem mein Ressortleiter mir erklärte, dass er den Artikel zum Thema »Wir Thanatophobiker«, den ich vorgeschlagen hatte, nicht haben wolle, weil diesen

Titel erstens niemand verstehe, und weil die »darin angelegte These« zweitens zu »polemisch« sei.

Nichts ist verkehrt daran, eine »Haltung« zu haben. Aber alles ist verkehrt an einem immer platteren, immer engstirnigeren, immer verbohrteren »Haltung-Zeigen«, das nichts riskiert – außer von Gleichgesinnten beklatscht zu werden. Jedem sei es vergönnt, nach Halt durch Haltung zu suchen. Aber glaubt irgendwer, er finde Halt, indem er seine Haltung wie einen Ritterschild vor sich herträgt – für Freund und Feind sogleich am Wappen erkenntlich, vermeintlich geschützt, in Wahrheit aber nur blind durch die Gegend scheppernd? Es geht doch einzig und allein darum, wie es *hinter* dem Schild aussieht. Ist der wackere Ritter *bei Trost*? Oder schlottern ihm vor Angst die Knie? Wär's dann nicht ehrlicher, sämtliche Schilde(r) abzulegen und voreinander zu bekennen: Wir alle sind ratlos – aber lasst uns gemeinsam dafür kämpfen, dass uns unsere Ratlosigkeit nicht auch fassungs-, halt- und würdelos macht?

Außerdem: Was soll ich in der »Kultur«, wenn die Kultur selbst den Bach runtergeht? Untergangsberichterstattung machen?

Ich habe versucht, Theater-, Film- und Musikmenschen zu einem Aufruf zu bewegen: Die Politiker mögen zusichern, beim nächsten Lockdown Orte der Kultur nicht wieder in einem Atemzug mit Nagelstudios und Muckibuden zu nennen und dementsprechend kurzerhand dichtzumachen. Vergebliches Geschäft. Die eine Hälfte glaubt, dass ein solcher Aufruf überflüssig sei, weil wir »das Gröbste doch hinter uns« hätten, die andere Hälfte glaubt, dass ein solcher Aufruf nicht zu verantworten sei, weil keiner wissen könne, welcher Schrecken noch auf uns zukomme.

Eben. Gerade *weil* keiner wissen kann, was noch geschehen wird: Sollten wir uns nicht grundsätzlich darüber verständigen, ob wir bei jeder ernsthaften Bedrohung für Leib und Leben tatsächlich alles, was geeignet wäre, uns seelisch über Wasser zu halten, als unnötigen Ballast betrachten wollen? Es ist gewiss vernünftig, der Bordkapelle anzuordnen, einzig die Schwimmwesten, nicht aber die Geigen und Celli mitzunehmen, wenn sie ins Rettungsboot steigen muss. Was aber, wenn ebendieses Rettungsboot zur neuen Titanic ausgebaut wird? Wär's dann nicht besser, die Geigen und Celli wären *nicht* mit der alten Titanic untergegangen? Was soll unseren Seelen dann noch Auftrieb geben?

Mittlerweile habe ich begriffen: Ein Aufruf bringt nichts. Was wir brauchen, ist ein Aufstand. Ein Aufstand der Schönheitstrunkenen, Würdesüchtigen, Lebensverliebten. Ein Aufstand gegen die Technokratie. Gegen die Thanatophobie. Wir brauchen diesen Aufstand, weil die Technokratie im Geiste der Thanatophobie nichts als Thanatokratie ist. Weil der Tod uns regiert, sobald wir kein anderes Ziel außer der Todesbekämpfung mehr kennen. Wir brauchen einen Aufstand dafür, uns der Wirklichkeit in ihrer tragischen Widersprüchlichkeit zu stellen, anstatt sie über viel zu simple Rettungskämme zu scheren. Wir brauchen einen Aufstand gegen den Geist, nein: gegen den *Ungeist* des pietistischen Materialismus.

Vor ein paar Nächten hat Theo bei mir angerufen. Wenn irgendjemand gefährdet ist, von dieser verdammten Seuche dahingerafft zu werden, dann er mit seiner Trinkerleber und seinen drei Zentnern Kampfgewicht. Trotzdem hat er am Telefon getobt: »Ich will wieder spielen! Ernsthaft spielen! Ich muss! Ich muss! Und kostet es mein Leben! Ich mache dieses scheiß Seuchentheater nicht mehr mit! Die Schaubühne jetzt als Hygiene-Anstalt oder wie?! Johanna, tu etwas! Etta hätte alle Hebel in Bewegung gesetzt!«

Vielleicht muss ich tatsächlich Mutters Agentur übernehmen. Selbstverständlich nicht, um Diven jeglichen Geschlechts maximale Honorare herauszuverhandeln. Auch wenn im Augenblick viele von ihnen echte Geldsorgen haben. (Aber darum können sich Pamela und Laszlo kümmern, das ist ihr Geschäft, damit kennen sie sich aus.) Meine Aufgabe wäre es, die kunterbunte Herde zusammenzuhalten. Ihren Widerstandsgeist zu stärken. Den Aufstand der Spielwütigen zu organisieren. Den Aufstand der versprengten Schäfchen des Idealismus. Den Aufstand derjenigen, die begreifen, dass (heute) nicht zu sterben noch lange nicht bedeutet, am Leben zu sein, sondern nur: untot zu sein.

Denn ist es nicht bereits angebrochen? Das Zeitalter der Untoten, die das Leben vergessen, weil sie Tag und Nacht damit beschäftigt sind, sich auf Schritt und Herzschlag zu überwachen. Deren einzige Sorge es ist, Schritt und Herzschlag könnten zu Ende gehen. In meinen ganz schlimmen Nächten höre ich es: das ruhelose Heer der Schrittzähler, Herzschlagzähler ... tock-tock-tock ... tock-tock-tock ... Und wenn ich sie sehe, die Knochenmänner und Knochenfrauen in ihren Kampfanzügen aus durchtrainiertem, straffem Fleisch, weiß ich, dass *sie* es sind, gegen die es zu kämpfen gilt, diese Zombies und ihre Doktrin des Untotseins – nicht der Tod.

Lieber Max, ich weiß jetzt, dass sich das Leben nur umarmen lässt, wenn ich bereit bin, auch den Tod zu umarmen. Ich weiß jetzt, warum der Mensch *zwei* Arme hat – damit er die größtmöglichen Widersprüche an seine Brust drücken kann: Leben und Tod; Festhalten und Loslassen; Kampf und Kapitulation; Rebellion und Ergebenheit. All das weiß ich. Und weiß noch immer nicht mit letzter Gewissheit, wie ich's mir *in* die Brust drücken soll.

Aber wahrscheinlich ist auch dies schon wieder die Ungeduld einer Untoten: die Erwartung, alles müsse per Knopfdruck, per *Sprachbefehl* geschehen. Wir sagen: Alexa, kauf Klopapier! Und Alexa kauft Klopapier. Aber wer spricht zu uns? Wie reagieren wir?

Herr, gib mir die Gelassenheit,
Dinge hinzunehmen, die ich nicht ändern kann,
Den Mut,
Dinge zu ändern, die ich ändern kann,
Die Weisheit,
das eine vom anderen zu unterscheiden.

Du brauchst nicht schon wieder zu lachen. Ich versichere Dir: Ich werde auf meine mittelalten Tage nicht verzweiflungschristlich. Trotzdem scheint mir dieses Gebet das Klügste zu sein, was sich die Menschheit je ins Ohr geflüstert hat.

Mein Cousin Cornelius hat mir in unserem Mühlenidyll von einem Mädchen erzählt, das er seit dessen Geburt behandelt: Die Kleine kam mit schlimmsten Knochenverwachsungen zur Welt, aussichtslos, dass sie jemals ein »normales« Leben wird führen können. Die Ärzte versuchen zu retten, was zu retten ist, zu »reparieren«, was zu »reparieren« ist – dennoch ist klar: Dieses Mädchen wird sein Leben lang mit ständigen

Schmerzen im Rollstuhl sitzen. Cornelius meint, noch nie sei ihm ein heitererer Mensch begegnet. Oft schon hat er in seiner Praxis gesessen, zu Tränen beschämt, nachdem die Eltern ihre Tochter wieder hinausgerollt hatten. Und er musste an sich halten, die Eltern eines anderen Mädchens nicht zusammenzubrüllen, als diese ihn fragten, wann denn der richtige Zeitpunkt sei, die Korrektur der etwas schief geratenen Tochternase anzugehen.

Ich will keinen neuen Demutskult begründen, da seien mein geliebter Heine und seine Pfeile gegen die »christliche Hundedemut« vor. Ich will auch nicht, dass sich die Menschheit künstlich hilfloser gibt, als sie ist. (Schließlich habe ja auch ich die Wunderpillen, die mir der nette Doktor nach meinem Ausflug in die Berliner Unterwelt in die Hand gedrückt hat, eifrig und dankbar genommen.) Wollte man das Gelassenheitsgebet für alle Schwerhörigen aktualisieren, müsste es lauten:

Welt, gib uns die technologisch-medizinischen Mittel,
gegen Krankheit und Tod zu kämpfen,
Die Seelengröße,
Krankheit und Tod hinzunehmen,
Und die Weisheit zu erkennen,
Wann es zu kämpfen, wann es hinzunehmen gilt.

Paradoxer Verdacht: Könnte es sein, dass in unseren Tagen mehr und mehr Mut zum Hinnehmen gehört und weniger und weniger Mut zum Bekämpfen? Dass Hamlets Frage sich beantwortet hat, ob's edler im Gemüt sei, die Pfeil und Schleudern des wütenden Geschicks zu erdulden, oder, sich waffnend gegen eine See von Plagen, durch Widerstand sie zu enden? Denn wer ist in der Geschichte, die ich Dir von meinem Cousin erzählt habe, mutiger: das behinderte Mädchen und dessen Eltern, die ihr Schicksal annehmen – oder die Eltern, die es nicht erwarten können, die krumme Nase ihrer Tochter korrigieren zu lassen? Wer ist mutiger: meine Mutter, die trotz beginnender Seuche ihre Liebe zum Leben zelebriert hat – oder meine Tante, die, wie ich von meinem Cousin mittlerweile weiß, den Kampf gegen die Seuche so wacker führt, dass sie sich seit März nicht einmal mehr zum Einkaufen aus dem Haus traut?

Kann es sein, dass im Windschatten unseres gloriosen Menschheitsfortschritts nicht individueller Mut, sondern vernölte Feigheit und Unduldsamkeit wachsen? Dass der globale Kampf, den wir gegen die Seuche führen, in erster Linie ein feiger Kampf ist?

Ich spreche nicht von den Ärzten und Krankenschwestern und Pflegern, die am Rande ihrer Kräfte um Menschenleben ringen. Die bereit sind, sich einem erhöhten Infektionsrisiko auszusetzen. Sie sind so heroisch, wie es Ärzte und Krankenschwestern und Pfleger in Seuchenzeiten je gewesen sind. Ich spreche vom moralischen Gesamtklima, in dem der Kampf gegen die Seuche geführt wird.

Jetzt muss ich doch noch eine allerletzte Geschichte aus der Zeitung anführen: Eine Kollegin aus dem Wissenschaftsressort hat einen Artikel über Max von Pettenkofer geschrieben. Über den Münchner Hygiene-Guru aus dem 19. Jahrhundert, der eine ordentliche Dosis Cholerabazillen geschluckt hat, um seinem Berliner Erzrivalen Robert Koch zu beweisen, dass dieser mit seiner Cholera-Theorie danebenlag. Pettenkofer hat den Spaß mit ein bisschen Durchfall überlebt – und damit trotzdem nicht das bewiesen, was er meinte, bewiesen zu haben, aber egal. Ich führe diese Geschichte an, weil unsere Online-Redaktion die Kommentarfunktion am Ende des Artikels nach kürzester Zeit sperren musste. Die Beschimpfungen gegen die Kollegin waren allzu krass geworden. Warum? Weil sie es *gewagt* hatte, Max von Pettenkofers Selbstexperiment »mutig« zu nennen. »Irrsinnig« hätte sie es nach Meinung der Meute nennen müssen, »total verantwortungslos«.

Dabei hat die Kollegin das eigentlich erschütternde Detail, Pettenkofers Rechtfertigung, unseren Lesern sogar noch vorenthalten. Ich muss das wörtlich aus der Biografie zitieren, die ich mir besorgt habe, weil ich dem Geheimnis hinter Pettenkofers Mut auf den Grund gehen wollte: »Selbst wenn ich mich täuschte und der Versuch lebensgefährlich wäre, würde ich dem Tode ruhig ins Auge sehen, denn es wäre kein leichtsinniger oder feiger Selbstmord, ich stürbe im Dienste der Wissenschaft, wie ein Soldat auf dem Feld der Ehre. Gesundheit und Leben sind, wie ich schon oft gesagt habe, allerdings sehr hohe irdische Güter, aber doch nicht die höchsten für den Menschen. Der Mensch, der höher stehen will als das Thier, muss bereit sein, auch Leben und Gesundheit für höhere ideale Güter zu opfern.«

Was für ein Wissenschaftsgeist, was für ein Forschermut sprechen aus diesen Sätzen! Wenn ich sie lese, muss ich beschämt erkennen: Ich kann die Fragezeichen oben streichen. Wir führen heute einen feigen Kampf. Und keiner sage, es sei doch bloß ein intelligenter, ein smarter Kampf. Es ist ein Kampf von Untoten. Vielleicht ist das die eigentliche Utopie des »Homo Deus«, des »Transhumanen«, die Sehnsucht hinter der Maschinenreligion: Tiere zu schaffen, die nichts mehr wollen, außer bei guter Gesundheit ewig vor sich hin zu konsumieren.

Selbstverständlich sollen wir Menschen die Zumutungen der Natur bekämpfen, indem wir ihnen mit scharfen Klingen, Elixieren und immer raffinierterem Gerät zu Leibe rücken. Wozu sonst hätte Prometheus das Feuer für uns gestohlen? Doch wo bleibt jener Funke der Rebellion, die dem Schicksal entgegenbrüllt: *Du kannst mich zwirbeln, du kannst mich brennen – brechen kannst du mich nicht!* Unsere materiellen Widerstandskräfte gegen's Naturverhängnis haben wir hochgezüchtet, unsere ideellen Widerstandskräfte lassen wir verkümmern.

Lieber Max, nun verstehe ich auch Deine letzte Postkarte: Unsere ideellen Widerstandskräfte sind verkümmert, weil wir nur noch auf uns selbst starren. Wer ewig an sich selbst genug hat, schwingt sich nicht ins Ideelle auf. Statt uns immer verzweifelter, immer engstirniger selbst zu bespiegeln, müssten wir wieder lernen, von uns abzusehen; uns hinzugeben; uns zu verschenken; uns an etwas zu verlieren, das größer ist als wir selbst – wichtiger als wir selbst.

Herr, gib mir den Stolz,
mich selbst unendlich wichtig zu nehmen,
Die Bescheidenheit,
mich selbst für unendlich unwichtig zu halten,
Und die Weisheit,
die rechte Zeit für beides zu erkennen.

Ich glaube, nur so lässt sich mit dem Tod leben: Solange wir im Mittelpunkt stehen, stehen wir im Mittelpunkt – und es sei recht. Allerdings nur, wenn wir bereit sind, in dem Moment, in dem es darauf ankommt, beiseitezutreten, für etwas anderes einzutreten, die Bühne frei zu machen. Wir brauchen eine existenzielle Wendigkeit, die kein Opportunismus, kein Verrat ist, sondern das Geheimnis menschlicher Freiheit. Von dem Bleiernen, das auf uns lastet, wird uns kein Impfstoff, keine Genschere, keine Nanotechnologie befreien. Wir müssen wieder sterben lernen. Wenn der Fortschritt der medizinisch-technologischen Künste dazu führt, dass die Kunst des Sterbens verschwindet, dient er nicht dem Leben, sondern der Unfreiheit.

Die Kunst des Sterbens kann aber nur erlernen, wer zuvor bereit ist, die Kunst des Tröstens und die Kunst des Sich-Trösten-Lassens zu erlernen. Nicht auf Knopfdruck. Nicht per Sprachbefehl. Trost ist eine Gestimmtheit. Eine Bereitschaft. Ein Mutter-Kind in der eigenen Seele. Trost entsteht, wenn sich der Naive vom Weisen, der Weise vom Naiven in den Schlaf wiegen lässt. Trost heißt, Hals über Kopf in den abenteuerlichen Glauben zu springen, alles werde gut, obwohl man weiß, dass es jederzeit schlimmer werden kann. Trost ist die wundersame Fähigkeit, alles, was man ist und was man hat, aus vollem Herzen zu lieben – und es freimütig ziehen zu lassen, wenn es davonziehen will.

Lieber Max, mach Dir keine Sorgen, wenn Du eine Weile nichts mehr von mir hörst. Bevor ich mein Leben neu in Angriff nehme, will ich erst mal ein bisschen Abstand zwischen mich und mich bringen. Ein letztes Mal mit meiner Mutter sein, um mich von dieser großartigen, fürchterlichen Frau in Würde zu verabschieden. Vielleicht begleitet mich Cornelius. Vielleicht nehme ich Theo mit. Am Ende sei keiner allein.

In Liebe und Dankbarkeit,
Deine Johanna

Isola
D'CAPRI
Ente Provinciale Per Il Turismo Napoli

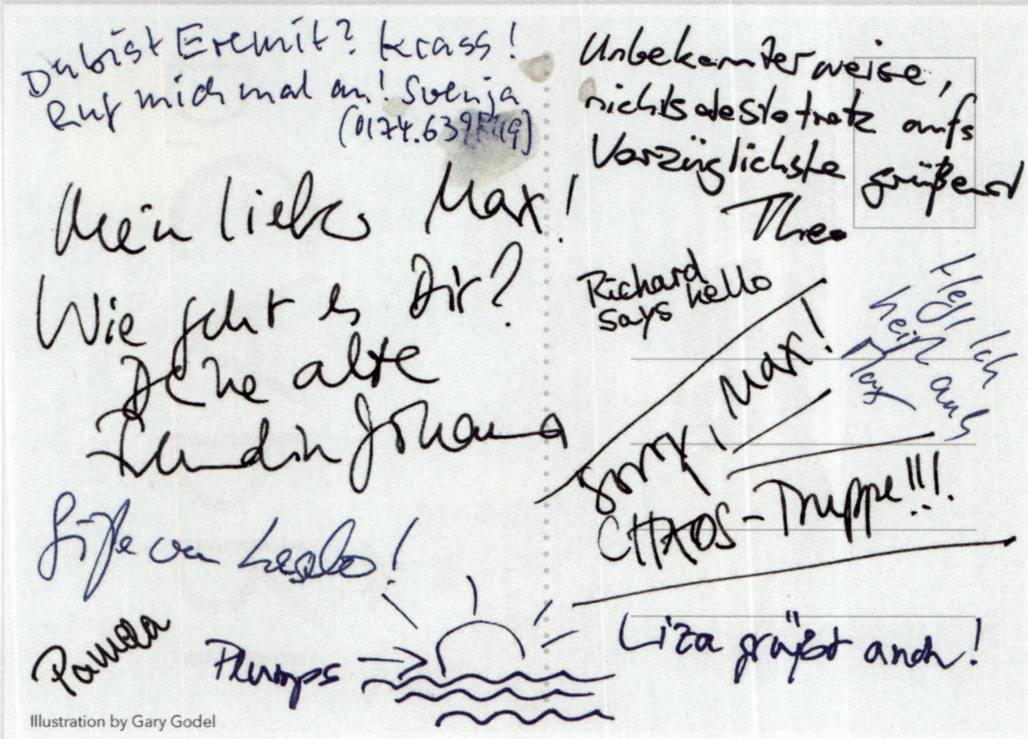

Illustration by Gary Godel

Bildnachweis

S. 7: Blick aus einer Höhle aufs griechische Meer. Insel Patmos, Griechenland. © Thomas Jastram/Adobe Stock
S. 29: Pietro Perugino (1445–1523): Madonna und Kind mit Johannes dem Täufer und dem heiligen Sebastian. Galleria degli Uffizi, Florenz. © Bridgeman Images
S. 39: Jacques-Louis David (1748–1825): Der Tod des Sokrates. Metropolitan Museum of Art, New York. © Bridgman Images
S. 75: Judith Leyster (1609–1660): Der letzte Tropfen. Philadelphia Museum of Art. © Alamy Stock
S. 117: Stoa des Attalos. Agora Athen, Griechenland. © Mauritius Images/Alvaro German Vilela/Alamy
S. 145: Caravaggio (1571–1610): Narziss. Galleria Nazionale d'Arte Antica, Palazzo Barberini, Rom. © Bridgeman Images
S. 171: Isola D'Capri. © Gary Godel

Thea Dorn
Die Unglückseligen
Roman

Auch als E-Book erhältlich

»Ein Paukenschlag in der deutschen Gegenwartsliteratur.«

Denis Scheck

Johanna Mawet ist Molekularbiologin und forscht zur Unsterblichkeit von Zellen. Während eines Forschungsaufenthalts in den USA gabelt sie einen merkwürdigen, alterslosen Herrn auf. Nach und nach gibt er sein Geheimnis preis: Er sei der Physiker Johann Wilhelm Ritter, geboren 1776. Um seiner vermeintlichen Unsterblichkeit auf die Spur zu kommen, lässt Johanna seine DNA sequenzieren. Thea Dorn führt uns die Extreme moderner Biomedizin vor Augen und zieht uns zugleich in die Untiefen einer romantischen Seele. Ihr Roman ist ein Lese- und Erkenntnisvergnügen, in dem sich die lange Tradition des Fauststoffes zeitgemäß spiegelt.